陌上花开

凌寒文集 2

林永望／著

广东旅游出版社
GUANGDONG TRAVEL & TOURISM PRESS
悦读书·悦旅行·悦享人生

中国·广州

图书在版编目（CIP）数据

陌上花开：凌寒文集. 2 / 林永望著. —广州 :广东旅游出版社, 2023.4
ISBN 978-7-5570-2957-9

Ⅰ.①陌… Ⅱ.①林… Ⅲ.①诗集－中国－当代②散文集－中国－当代 Ⅳ.
①I217.2

中国国家版本馆CIP数据核字(2023)第031256号

出 版 人：刘志松
责任编辑：陈晓芬
图片来源：林永望
封面书法：林永望
封面国画：纵新生
装帧设计：谭敏仪
责任校对：李瑞苑　黄　琳
责任技编：冼志良

陌上花开：凌寒文集2
MOSHANG HUAKAI: LINGHAN WENJI 2

广东旅游出版社出版发行
（广州市荔湾区沙面北街71号首、二层）
邮编：510130
电话：020-87347732（总编室）020-87348887（销售热线）
投稿邮箱：2026542779@qq.com
印刷：佛山家联印刷有限公司
地址：佛山市南海区桂城街道三山新城科能路10号自编4号楼三层之一
开本：787毫米×1092毫米　16开
字数：304千字
印张：20.5
版次：2023年4月第1版
印次：2023年4月第1次
定价：52.00元

目录

1

序一

◎张况

　　我一直对扶贫干部怀有敬意与好感，他们舍小家顾大家，为国家"脱贫攻坚"事业和人类的共同富裕做出的卓有成效的贡献令世人瞩目，让我辈钦敬佩服。诗书兼擅、激情四溢的佛山诗人、书法家林永望就是其中一员。

　　永望是不甘平庸的潮汕汉子，骨子里永远流溢着一种不甘服输的倔强气场，愤世嫉俗的天然性熔铸于追求梦想的孜孜矻矻状态，他在我心目中是值得永远仰望的"牛人"角色。

　　海丰长大的汕尾汉子，他性情中似乎永远拥有"天上雷公，地上海陆丰"的犀利品质。直到他援藏挂职，我才知道他除了敢想敢干，还有更宏大的人生理想，更高远的境界追求。

　　及今回望，永望切切实实用自己的青春汗水与不悔付出，为我国的援藏事业做出了应有贡献。他将青春激情与文学爱好有机糅合在一起，将自己的援藏岁月磨砺得锃亮。他的生命由此变得更为阔大，更有意义。

　　早先的永望酷爱书法，热心如他，逢年过节，总见他躬身为市民群众和传媒集团的干部职工书写"挥春"。简朴的春联挂在他喜气的脸上，有一种"羞涩男"的憨厚流溢其上。作为一名永动机般从不歇脚的新闻工作者，除了撰写新闻稿件，他业余还暗恋着文学，热衷于写诗。缘于此，我与他相识相知，早已忘了彼此在大排档边小酒馆里喝过多少回小酒探讨过几多回诗歌问题了。反正那些年我从他的作品中读出了性格，读出了心酸，读出了酒味，读出了追求，读出了他对爱的执着，对人性的觉悟。

永望的诗歌写作是他的真情流露，里面有浓得化不开的深意。那是他将血液和酒融于一体的满腹虔诚。青葱岁月烙印诗酒年华，分行之间犹见况味。永望身上有着敢于离经叛道的彪悍气质，而实际上他骨子里永远是剑胆琴心的诗人风骨。喜欢书法热爱诗歌让他在传媒集团群体中变得有些与众不同。新闻工作者甚少对文学创作有追求的，但永望是个例外，他的新闻作品写进了中央电视台，写进了《人民日报》，写进了新华社。这是一种高度。但并不影响他对文学的热烈追求，他对诗歌创作时时葆有抒情的雄心。无论身在何处，他都是一个杠杠的诗人，如假包换的缪斯情人。他以凌寒为笔名（后来，我才知道"凌寒"是他的曾用名、真名），让很多人见识了他"凌寒独自开"的梅花品格、傲雪精神。以梅花自况的名字，该是经得起风霜人生的考验，经得起雨雪岁月打磨的。事实上，我更乐意见到文学状态中的林永望。他在传媒集团工作时就勤于诗歌创作，具备较为扎实的童子功。后来好长一段时间没见着他作品，也不知他还写不写。想必是工作太忙的缘故吧，毕竟传媒集团办公室副主任不好当，是个吃力不讨好的角色。后来一打听才知道他去了西藏扶贫，成了一名"视死如归"的援藏干部。

援藏是需要勇气和好身体作为支撑的。西藏常年高寒缺氧，那地方不是一般人挺得住、扛得下去的，许多人因此望而却步也在情理之中。林永望以经霜耐寒的梅花精神自况，将自己的生命价值与使命感自觉融入到祖国的援藏事业中去。在此期间，他写了不少新闻作品，我偶尔还能在电视、报刊上见到他俯身援藏的熟悉身影，他明显瘦了、黑了。这才知道他在西藏依然没有放弃文学梦想。他可真是值得文学中人学习的榜样。我从他的作品中读懂了他的心路历程，读懂了他热爱自由热爱祖国大好河山的诗人秉性。

仙境般的西藏，无疑是大美迷人的。在这样的美景包围之下，永望写出好作品来那是自然的。人是该有那么一种精神，不屈不挠去追求自己的追求，向往自己的向往，用自己的青春热血去书写所思所想、所爱所求。毫无疑问，援藏干部林永望做到了。他不仅在广东

"干革命"时做到了，在西藏"促生产"时他做得更好，更有看点。这也是我看好他这部即将付梓的文集《陌上花开》的原因所在。

2012年国庆期间，我随中国诗歌万里行八位知名诗人一起到西藏采风，一路上被西藏美不胜收的仙境感染得"不要不要的"。一众诗人与西藏诗友在拉萨玛吉阿米餐厅朗诵诗歌，在雅鲁藏布江边喊嗓子抒情。回广东后，我饱含深情写下了200多行的抒情诗《云朵上的玛吉阿米》，被不少人点赞。但我总觉得有些意犹未尽，总寻思着哪天再赴西藏，再亲芳泽。奈何工作繁忙，且没有到西藏扶贫的机遇和勇气，因此只好悻悻作罢。

现在，诗人林永望替我实现了这个愿望。在他的作品中，我读出了自己没有完成的西藏抒情，读出了我对西藏未及表达的独特爱恋。说实话，这种似曾相识的朦胧感，让我更加坚信，西藏绝对是直接与仙境划等号的人间天堂，是值得人们终生仰望的世界屋脊，是伟大祖国最美丽最让人神往的绝佳去处。

潮汕人很会做生意。永望出生于商贾世家，从小耳濡目染。想必其家人也希望他成为一个成功的生意人，能够过上舒适理想的生活。但永望似乎厌倦商业味道，他把自己的青春定格在追求文学、摆弄书法上，而暂时搁置了对于商业的兴趣。

事实上，商业社会商人多一个不多，少一个不少。但是在广东文学大家庭里，我更希望多一个像永望这般虔诚的文学爱好者、诗歌写作者。基于此，我对永望之于文学永不言弃的追求和选择感到很放心。只要诗歌不死，文学美貌永存，这老小子就绝对跑不了。"好色"如他，这辈子怕是与缪斯脱不了干系的。永望具有敏锐的洞察力和扎实的文学功底，这种热爱就该是他一辈子的"善缘"。

永望早期的诗歌作品，唯美、纯粹、干净，充满理想主义色彩和青春的文学激情。里面的爱是洁净纯粹的，里面的情是动感单纯的。如今成熟练达的他，对祖国的一山一水、一景一物仍免不了满怀深情，即便是细微的事物，都能成为他的书写对象。更多的时候，永望喜欢遍历山河，游走胜景，每到一处，他都会诗兴大发，足见其热爱自然的率性一面和向往自由放浪形骸到了欲罢不能的地步。他对美的追求与向往沉潜于内心，呈现于笔端，成就了眼前这些可圈可点的佳构。他的爱情诗写得缠绵悱恻，让人辗转反侧感动落泪。他的行吟诗写得精细入微，教人目不暇接心生羡慕，字里行间都能感受到他内心世界的细腻变化与绵密情绪。

多年不见，真情犹在。现在，永望老汉又要出版新诗集，老夫真为他高兴。他将书稿发我，嘱我为序。连日来琐事太多，所悟不少。昨晚稍暇，终于能够静下心来翻阅他的书稿。

这本文集充满了永望对生活的仰望之诚刻骨之爱，对人生的仔细打量深沉思考，涉及援藏那部分作品尤有看点。

"……雪崩 塌方 沼泽/世代横亘着的天堑/一天多变/这天上的云彩/这下不完的热带雨林/从无到有/从有到无/云雾缭绕聚散两依依//雪的故乡/喜马拉雅赋予你生命/南迦巴瓦的哺育/为雅鲁藏布找个灵魂的注脚/在精神层面获得释放/没有英雄主义/只是对宿命/或是自然/或是时间的纵情呼喊/万马奔腾一泻千里的豪情/在果果塘回顾/来时路/来时的过往……/跟过去作别/转身向着未来进发/不为这眼前的是非曲直/只为远方的召唤/果果塘，你把而今迈步从头越的气势/书写得荡气回肠，大气磅礴//绿色长龙盘踞苍翠/龙脊托起龟背/篆刻着华夏地图/上面有唐宋的月光/汉府的茶树/还有那马帮的驼铃……/苦难和坚韧是你的精神内核/勇敢和流浪是现实琐细和日常挫折的浪漫/远方与自由是你永恒的情感追求/岁月正好/生命正好/背上行囊迎着朝阳出发/一切刚好/正是启程时刻/——再见果果塘！/再见墨脱！/再见墨脱莲花！"（引自《灵魂的注脚——果果塘大拐弯的召唤》）

永望这首朴实之诗写得很成功，写出了墨脱人吃苦耐劳的精神，富有革命浪漫主义色彩。它彰显了墨脱广大党员干部过硬的工作作风、刻苦耐劳的创业精神，同时对新时代援藏干部的理想信念、无私奉献精神也多有褒奖之义。

人作为一个主体，面对世界时所看到的所感受到的自然千人千面，人们对自己未来的期许自然是因人而异。永望的探索有他独特的一面，他对人文的关注，对地域的关注，对祖国山河的热爱，对人类命运的关怀，充满悲悯色彩，这让他的写作积极而有意义。

文集中，《墨脱茶叶》那首也有不错的品质。拟人化的表达非常形象，让墨脱的茶叶有了生命力，有了烟火气，同时还有一丝丝浮浮沉沉的禅意。读之不免让人莞尔。

当代诗歌写作中，诗人们似乎更崇尚自由的表达方式，因此对诗歌的语言美、韵律美会有所削弱，有所取舍。但是在林永望的诗歌中，我读出了韵律美、格调美。他的作品多半数行押一韵，节奏感较强，读来朗朗上口。我认为，这是当代诗歌写作中不应被放弃的重要审美。希望永望不为所动，一直坚持下去。因为这一抒情方式值得遵循和被看重。

真正的诗人大多有化腐朽为神奇的能耐、点石成金的能力和结构故事的审美能量。永望的诗不是最好的，但它具备了抒情的淳朴素质，因此值得看好，值得尊重。

林永望以真实朴素的笔触聚焦新时代，他刻画的山山水水具有灵性，他笔下的国人形象兼具刻苦耐劳品质和中国精神。有空读一读永望的诗歌，或许你会有新鲜的发现、干净的启示。

永望是豪爽之人，也是一个有故事的好男人，这样的男人读起来有味道。

夤夜佛山石肯村南华草堂

2022年10月11日

序二

◎姜胜建

　　我和凌寒，相识于一场纯粹的偶遇——似乎就是一场"诗和远方"的邂逅……

　　时间回拨到2017年7月8日，我和我原杭州大学（现浙江大学）的同事发起了一次说走就走的"青藏之行"。一行八人，从杭州出发几经辗转，来到了鲁朗。原计划是游玩一天，当天返回林芝市区八一镇住宿，便于第二天赶往下一场旅游目的地——雅鲁藏布江大峡谷。然而，在进入鲁朗小镇之后，我们便决定当夜入住鲁朗，其最充分的理由就是——眼前的鲁朗，正是鲜花盛开的季节，花海高山牧场芳香四溢；小镇雪山环抱，四周林海如黛、云烟絮绕，还有牛羊成群的草甸，以及湛蓝静谧、遗世独立的湖泊……宁静的清丽中，又富有生命的灵动，两者似有冲突，但又是如此的和谐融洽，宛若人间天堂——好一个"神仙居住的地方"！就因为，有了这突如其来的想法，我们想体验一下"仙"的感觉——于是，巧合中的巧合，就撞进刚开业不久的"凌云客精品酒店"；也因此，有幸便遇见了凌寒。也许是酒店内充盈的浓郁文墨清香；也许是我俩有过相同的职业经历和情趣……初次见面，我与凌寒君永望就若似曾相识的"故人倒履"感觉。这天，在他的办公室兼书画工作室，品着他家乡的老茶，海阔天空地闲聊起鲁朗风光、雪域风情、书画歌赋……

第一次读永望的诗，则是他在微信朋友圈发的《中秋月——写给月光下的鲁朗凌云客》一诗。点开美篇的链接，顿时给我一种眼前一亮的感觉："用颤巍巍的思念之手/掬起一把相思泪/在静夜里洒落/一幕星光/凝视着/他乡流浪的风尘/暮露/沾湿两肩秋风//今夜/我踏着潮汐而来/停在你的窗口/窥探着你昨夜的容颜/满怀的柔情/剥落成今宵红尘中的/秋霜/在你的额头搁浅/成了深深的皱纹……"（该诗被收录于《何处是归程：凌寒文集》一书）灵动的笔法，勾勒出一幅月光下鲁朗凌云客的清丽画卷；拟人化的文字，将万千思绪寄托于一轮秋月若缕缕清辉洒落在夜幕之下"鲁朗凌云客"……这是一首诗，似是一幅画，更是一个创业者对事业的倾心热爱和深切期待……此后，我成了永望每次新诗作发表的第一批读者之一，不知不觉间也成了永望的"诗粉"，围绕诗的话题相互间就有了更多交流。

读永望的诗，我有三点深切感受：

一是，华丽的词韵美感。诗的创作离不开"美学原则"，闻一多先生曾在《诗的格律》中对新诗创作提出"三美原则"：即"诗的实力不独，包括音乐的美（音节）、绘画的美（辞藻），并且还有建筑的美（格式）"，三美需要遵循，并倡导诗人要有"戴着镣铐跳舞"的自觉。永望诗作的用字断句，几乎都是经精心琢磨的。一如他在书法绘画艺术上的追求，从整体布局到每一个笔画设计都力求本真、率性和圆满，大有当年唐诗宋词大家那种挑战词语极致的风采——"心若莲开/品读生命葱绿/倾听/叶与花的私语/梦如水/爱醉意/用文字把你镌刻雕饰/画你鸿鹜凤逝/再把岁月心绪/轻轻叠起……"（引自《七月的雪莲》）诗中"用文字把你镌刻雕饰/画你鸿鹜凤逝/再把岁月心绪/轻轻叠起……"仿佛那叠起的就是雪莲的一枚枚带着"心香"的花瓣。用词断句，堪称美妙之绝！又是一秋明月圆/醉思量/杯搁浅/风烛轻纱泪残/错阅诗酒墨香/回首望/孤寂伴/看琴瑟起舞霓裳/绝代娇靥/吟哦轻诵/涓涟/惜暖意淡淡/脚印蔓延/禅心入念漫卷/弹指飞花愁满弦/盈手花露/对影相顾无言/……"（引自《月满西楼》）诗中"醉思……错阅""看琴瑟起舞霓裳……对影相顾无言……"好一个月满西楼！那已是泪满西楼，情满西楼呵！……诸如此等词韵华丽、意蕴婉约，令人赏心悦目的好诗，在永望的作品中信手拈来，不胜枚举。当然，华丽的背后是丰厚学养的支撑和字斟句酌严谨的治诗态度。用永望自己的话说："我要走一条孤独而喋血的路！"

二是，淡然的佛系品性。当然，这里所讲的"佛系"，是佛学文化的品性，与信仰无关，与诗歌有关，就如唐代大诗人王维被世人誉为"诗佛"一样。诗的佛性，大抵是指诗作能给人以空灵之感，在富有深邃韵味同时，又有着见心见性之哲理。永望的诗，华丽中就有着一种与生俱来的云卷云舒的淡然，特别耐看，愈细读之愈能品出其中的灵动、含蓄与隽永，诸如前述的《中秋月》《月满西楼》等，都透着一种空灵的佛性。当然，在永望的诗作中，更有一种直指人心的"佛性"，让人肃然起敬——"舟泊在岸上/思想停在沙滩/没有风/浪在喘息/彼此的对视/虽是刹那/即是永恒……"（引自《对视》）、"等你/我在胡杨树下等你/不为当年的誓言/也不为今日的承诺/只为/这触手腐破/千年的皱纹斑驳……我注定是一棵树/生命赋予我沉默/不管我如何虔诚拜膜/也无法与你相濡以沫/不知/轮回之后/你是否还记得我？——与你耳鬓厮磨/泪水在伤口滴落……三千年岁月如霜/三千年等待苍茫/是谁？"（引自《胡杨树下，等你！》）诗中的"对视"与"等待"，是人与心的对话，是人与天地、人与自然的对话；更是心与心对话，是一种自我心性的拷问与修行。藏传佛教的传人索甲仁波切在《西藏生死书》中有言："心性是我们内心甚深的本质，也是我们要寻找的真理。体悟心性则是了解生死之钥……这个根本的心性，是生与死的背景，正如天空拥抱整个宇宙。"在永望的诗行里，无论是写实、状物或议事，总是透着淡然的佛系品性，蕴自然一时一事一景于普世价值与人性修行的思考之中，散发出寓意绵长的精气神；在给人以美的愉悦的同时，予人以更宏大的想象空间和灵魂的触动！

三是，浓厚的生活气息和时代气息。文学源于生活，永望的诗自然是生活的写照。他是热爱生活的行者，每到一处都会留下他的诗行——《喀纳斯之恋》《天空之镜》《西安城墙》《长白山天池的梦呓》《峨眉山月》《玉门关叹》……当然，他的文字与祖国河山一样美丽与空灵——"历史的年轮/一圈/一圈/宿命的轮回/一圈/一圈/这下不完的烟雨/这画不清的土楼/这读不尽的人生/一圈/一圈……青山逶迤/长路漫漫蜿蜒/阡陌纵横/农桑稻田/亭台楼阁倒映/碧波中黛瓦粉墙/古韵悠悠/漫长/有如一位睿智老人/静静地/述说着过往/历史的明暗……"（引自《烟雨土楼》）这不正是一幅国画长卷？！画里有位老者正在讲述那过去的故事——悠远、美丽而动人……

　　生活，最亲近的一定是港湾家园和故梓的一草一木。永望写给父亲的《父爱——写于2022年父亲节》，写给儿子的《追风少年——写给就读于南海实验中学儿子林文舒的一首歌》，写给家乡的《上达的荔枝》……每一首诗与歌的字里行间，或是音符里，都充盈着浓浓的亲情乡情——"起伏跌宕/凹凸不平的历史/来路/向后山延伸/那里/有儿时的回忆/酸酸涩涩/苦了岁月/也似乎甜了今朝的泪眼……"（引自《上达的荔枝》）上达是永望的故乡；荔枝是上苍赐予上达人的"天物"，也是永望心中最美、最深、最难以忘怀的记忆——凹凸不平的路，酸酸甜甜的味——永望自语："写着写着就流泪了。泪流完了，诗也写完了。"热血男儿，近乡情怯；侠骨柔情，跃然笔下……生活，更壮阔的场景是祖国。永望的诗，始终伴随着时代的脉动——"五月的阳光/汨罗江/清者清/浊者浊/千年的时光/水依然流着/粽子与鲜花/龙舟与光阴竞渡/擂出新时代脉搏最强音的战鼓"（该诗引自凌寒文集《何处是归程》一书中《屈原祭·五月的阳光》）永望的诗一如时代的鼓点，始终为新时代鼓与呼——"走进雪域高原/我愿献出青春与梦想/走进雪域高原/一生为你歌唱……"（引自《进藏干部之歌》）作为广东省第六批援藏干部，作为众多的援藏进藏干部中的一员，永望用歌声用旋律，唱出了自己的心声——"……鸳鸯佩/离人泪/咫尺天涯/执锐披坚柯作伐/白衣执甲/杏林灯塔/擦肩梦幻刹那/为你拂去眼角泪花/换一世琅瑕……"（引自《逆行·执甲——致敬抗疫一线白衣卫士》）近三年来，前所未有的疫情席卷世界，我们的白衣战士为守护人民的生命健康执甲逆行，可敬可佩！永望的诗，喊出了广大人民群众的心声——"风轻云隐落寒烟/陌歌不祭心伤/听弦断/琴声黯黯/仃伶阑珊君旧颜/鬓如霜/浅笑转身/一缕冷香……山河无恙/人间皆安/盛世国祚遂君愿/你走了/你终还是走了/碗粟之恩/不忘公袁/愿你化作龙魂/耀我炎黄……中国少年/为你执剑/守河海清晏/护临崖暖阳……"（引自

《国殇——悼袁公》）袁公隆平被人们誉为当代"神农"，他的逝世，是为国殇！永望的诗，起笔哀思似泣如歌，收笔剑啸河山似鼓雷鸣——表达了人们对失去一位"共和国勋章"获得者、一位为国家作出杰出贡献的伟大科学家的深切哀悼，以及对"英雄虽已逝，后继有来者"的期待——这是对逝者最大的哀挽和最好告慰！……带着浓浓的家国情怀，散发着厚重的时代气息——这是永望诗作具有鲜活生命力的又一特性。似乎就像凌寒的为人，阳光而富有活力（似乎与序无关，按下）。

我以为，文以明德，斯为文明；德以民本，是为至善。一个有着五千年灿烂文明的伟大民族，一个曾闪耀着楚辞魅力和唐诗宋词辉煌的国度，人们向往的诗意生活不能没有诗与歌。——永望新诗文集的再次结集出版发行，是中国文坛一件可喜可贺的盛事！相信永望的诗一定会得到更多诗友文友的钟爱和诵读！……

杭州·五云山居

2022年9月23日

梦小楼

——自序诗

背井离乡数十秋

颠沛漂泊

逆水行舟

一蓑烟雨问君忧

心未死

志难酬

剑折弦断甲胄旧

鲜血满袖

辗转孤身望月踌

不堪回首

……

愁酒入喉

翻过记忆沙漏

铁马金戈

烽火诸侯

一竿风月沧海横流

骷髅……

尘梦隔世怅惘

恨穹隆错放苍狗

知否?

知否!

覆水难收

……

吴歌起

几时休

关山难越归期溺汩

别有相思梦里述

三杯清酒

与谁携手？

桥头罗裙扶柔

消瘦

泪眼顾盼

一曲小楼

……

……

佛山顺德

2022年1月9日

▼

篇
一

诗
说
人
世
间

第一辑　这边风景独好

洞庭观月

山是冷的
水是冷的
连那水里的月亮
　　也是冷的
无心伴月
月影徘徊
连风也跟我戏谑
吹起
　　心里
　　　一片涟漪……

站在洪湖的桥上
回看云梦泽渔火点点
洞庭的后花园
月光
是温柔的渴望
还有那温馨桂花香
　　流水潺潺
　　　漫过心田……
俯仰间
有虫鸣笑痴
若寒蝉
　　凄切怆凉

没有灯
更没有范希文登斯楼的去国怀乡
情感固然

想当缪斯的门徒，但
行动更是乞者的莲花落
木棒指向
　　是生存的祈愿
树洞里的黑暗
是智者深邃的思想
诉说人性的光芒
孤独的夜晚
陪伴着岁月一起成长

风雨洗礼
　　挫折迷茫
烦恼樊篱
　　憧憬向往
何必让失落悲观
笼罩你的脸庞
将悲伤
　　写在沙滩
让梦跟鱼儿去流浪
把灿烂
　　刻在蓝天
让爱跟随夜莺歌唱
　　飞翔……

岳阳楼畔
小乔墓前
早起的秋霜
在狗尾巴草挂上
　　挂上风的思念
　　　一滴珠泪
　　　　露点
折射着清晨的
　　第一米

阳光……

……

作者注：

　　1.范希文，"希文"为范仲淹的字，北宋时期杰出的政治家、文学家，有《范文正公文集》传世。其《岳阳楼记》中倡导的"先天下之忧而忧，后天下之乐而乐"思想和仁人志士节操，对后世影响深远。

　　2.一米阳光，是说真爱短暂，转瞬即逝，与云南纳西族及玉龙雪山传说有关。而现在，一米阳光被更多人赋予了更加积极向上的含义，一米阳光，就如它的字面意义一般，在那种阴暗的角落里总会到达的一抹光明，令人向往，为人们带来希望和温暖。

2022年9月13日于湖北洪湖

秋水

是谁的眼泪
沾湿了蒹葭秋水
邀约星光
跟晚风买醉
暮色苍茫渔樵歇
遥遥两相对
雁影分飞
天阔听卑

丈量秋的高度
洞影烛微
临风沐霭霞月帔
入耳吟语娇媚
淡扫蛾眉
最是痴情憔悴
怙终不悔
细嗅蔷薇

2022年10月6日 于佛山

喋血玄武

天边的火烧云
是唐武德九年六月初四的火烧云
也是神龙元年正月廿二的火烧云
　……
太阳
还是当年那个太阳
残阳是红的
　　血腥
　　　杀戮……
没有风
玄武门里听不到厮杀
而这带血的土地城垣
有刀剑铮鸣摩刻
似乎在告诉世人
历史
　　就在那里
　　不曾远离
只是人心离开了
没有追随
也不曾参与
只有那贞观的墙砖
　　叩响
　　夜晚的马蹄

对话时空
对话历史
我推不动这扇

这扇沉重的话题之门
更不知喋血
喋血这条钥匙
是否能打开这锈蚀的心锁?
我知道
　　喋血
这不是你的错
错的是人性
刽子手，不过是张
看不见摸不着的白纸
最后
由胜利者书写
　　神圣
　　或是天命……
就连那握笔的手
也是活着的人
用赢来的鲜血
　　朱批
　　昭告天下……

时间的车轮滚滚
　　就在指尖轮回
　　不离不弃
人生
不管如何精心策划
也抵不过宿命的安排
就如，风雨里
宣政殿前的日晷
　　望朔受朝
　　读时令之礼
那大明宫太液池的青莲
沉沦着昔日的月亮
　　芙蓉娇羞

杜鹃夜啼……

千官望长安

万国拜含元

　那山呼万岁的回响

　那大赦天下的人们

　人影憧憧久久不曾离去……

从唐朝到今天

从长安到西安

岁月更迭

王朝兴衰

玄武门的尘烟

　走了一路

　埋了一路……

　……

作者注：

　　唐朝的长安太极宫玄武门，曾有李世民发动政变；大明宫玄武门则发生过三次著名政变：神龙政变、景龙政变和唐隆政变。这四次玄武门政变，牵涉唐朝最伟大的三位皇帝。

2022年9月29日于西安

梦回秦关

丝丝白发
皓洁头上一轮秦月
静默地照射着
汉夜古关
昨晚秋风吹落
几多柔情似露
沾湿了两肩霜怀
浓郁成
纯美的陈年佳酿
让千年滴血的葡萄酒
点燃历史的烽火台
大漠　孤烟
昔日的才情
更显悲怆
　壮烈……

岁月的底片
曝光　记录着
一路冲晒着
泛黄的照片
逐渐远去
　模糊
青春花儿
在时光的冲洗中
艳丽　成了岁月
漂洗过的颜色

夜色中
几重梦萦
几回泪中……
……

2002年5月17日 于陕西洛川

鼓浪屿之夜

海风

在耳边轻吹

咸咸涩涩滑落是谁?

空湿旧梦催

回首来路几时回?

望穿秋水

没有海鸥伴随

在鼓浪屿的渡轮上

心情是沉重的怵醉

怵醉

不为今天的现实

只为昨日的驷马不追

那沉重噬裁历史

让鼓浪屿这艘渡轮不堪重负

荏苒光阴

血泪盈襟

看灯塔闪熠流金

盼归

是父亲灼热目光殷殷

那海峡汽笛长鸣

是母亲

母亲唤儿的肠牵萦心

我听到

我听到你回来的脚步声音

在美华浴场的沙滩响起

与海浪踏歌而吟

有近乡的情怯畏凛
更是思乡的滔滔不尽

螺号声声
是万里承平尧雨舜风
催促迷航返程
袅袅炊烟
蚝仔烙鱿鱼饼和香煎
摆上
摆上的都是你儿时睡魇里的惦念
还有那对故乡
深深的眷恋
潮汐汹涌
人群熙攘
久别重逢的相拥
节日礼花为你绽放
模糊了母亲的泪眼
一下，让
炫闹的街头笑开了颜

今夜
注定让圆沙洲的夜晚
变得热闹辉煌
今夜
五龙屿深邃而彷徨
就在今夜
我带你参观
参观
你曾记得或不记得的过往
参观
你听说或没听说的岁月流连
你看
月色中郑成功还在水操台练兵

抚摸一把血汗
有寨门和城墙
刻录着跨海东征驱荷的荣光
彪炳千古百世流芳
华侨墓园
是多少游子叶落归根的殿堂
捧心归来再少年
日光岩上
承载着祖国母亲日夜的思念
目光灼灼的眺望

想家了，
归来就好！……
……

作者注：

　　鼓浪屿，原名"圆沙洲"，别名"圆洲仔"，南宋时期名为"五龙屿"，自明朝雅化起用今名称"鼓浪屿"，该岛制高点为日光岩，与祖国宝岛台湾隔海相望，现为全国重点文物保护单位。

——2021年7月19日于厦门鼓浪屿

玉门关叹

茫茫戈壁
戈壁之外还是戈壁
我还没读来悲冽
哪来的荒凉壮阔岑寂?
天地之间
只有你我
湛蓝的天在看着我
无垠的戈壁滩也在看着我
没有视线
没有焦点
你我的对望
不在心里
也不是眼前镜像
只有风
似乎读懂
长城沿线烽燧的牍简

眼前的大土墩
　　与连片矮墙
闭上眼
耳畔
似有号角声声
　　猎鹰划过长空
心潮伴随着战鼓阵阵
　　马鸣和旌旗
被箭矢
射中思乡的月光

还有那柳梢下的影子
在涟漪的梦中荡漾
没有海浪的大漠
也不平静
就连文人的诗词歌赋
掉落地上
也会很快被黄沙掩盖
　埋葬
最后
却刻进了岁月的灵魂……

我不敢向前
也不愿眺望
时光白沙流淌
我怕陷入无底深海温柔
时钟的节奏
心跳
在穹窿
伴随呢喃闪动
风
格外轻柔
连逐渐抽芽的杨柳和斜阳
也变得格外柔美
亦真亦幻
看不到
那千年厮杀战场
那将士戍边
　洒下的思归哀叹
捧一抔沙
与那一地白骨对话
　在南腔北调中
　倾听被深深埋葬着的
　乡愁……

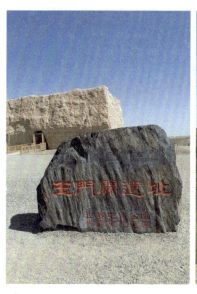

举一杯酒

祭奠

这天地风沙轮回沉淀

摘一滴泪

化成故乡

窗棂的月亮

高高悬挂在玉门关前

镶嵌在你的心上

照亮

壮丽河山

泼染

水墨延绵

燃烧着千万年

华夏文明永不熄灭的盛美

烟火

绽放……

……

2022年8月25日

月满西楼

红尘若梦云烟
葱茏时光
青锋剑
风沙漠边
天涯寒月客惆怅
青衣一骑度关山
花雨倚故园
忆小楼往事不堪流连
晓风残露镜冕
风雪鬓霜
换了人间

曾年少轻狂
许你一世誓言
奈何缘浅
一帘忧伤
心已倦
影渐远
一曲成殇
绘不出昨日朱颜
无声雪片
窗前

又是一秋明月圆
醉思量
杯搁浅
风烛轻纱泪残

错阅诗酒墨香

回首望

孤寂伴

看琴瑟起舞霓裳

绝代娇靥

吟哦轻诵涓涟

惜暖意淡淡

脚印蔓延

禅心入念漫卷

弹指飞花愁满弦

盈手花露

对影相顾无言

楚宫遥

鹧鸪天

氤氲翩跹

今夜秋思溢漫

怎眠？

谁怜？……

……

2022年9月9日 于佛山

张掖丹霞山的哭泣

多次参观张掖丹霞山和母亲河黑河。近日，想从另一侧面，用对比强烈悲怆的文字去表述另一种情感，讴歌大地女神，折射母爱伟大。这是一种尝试，也是一种新的挑战！不管效果如何，先为自己加油！

是为引。

——2022年8月18日

这外衣
这色彩
不是我想要的
它并不是我
　原有的肤色
地壳运动的灼热煅烧
　造山水流切割
　风化和日照
　烘烤
千千万万年
不停不休地折磨
用屈辱和血泪
　造就了
　这畸形的美……

上帝
也有睡着的时候
难道
您看不到？
您听不到？
我的苦难挣扎

我的痛苦呼唤
我知道
您睡着了，所以
才会继续让这痛苦
　　延伸

最先醒来的时光
告诉我
您虽然睡着了，但
从没停止
　　摆弄
　　手指
——您神圣的
　　上帝之手……
我还能赞美您么？
——我只能
　　也只能匍匐地
　　感谢上苍的
　　恩赐……
——我只能
　　也只能无奈地
　　叩谢命运的
　　眷顾……

如果可以选择
我宁愿继续沉睡
有谁？
　　愿意将痛苦
　　当作美丽
向世人展示
　　孔雀的屁股
这是一种耻辱
　　一种无休止的

往复痛楚……
我真想咒诅
　咒诅
这五颜六色独到一处
　绚丽斑斓光彩夺目
　还有白骨做的
　恐龙化石
可是
是谁没经我的同意
就已将我展示
就如人体盛，生生
承受着各种风雨吞蚀
　目光的猥亵
　言语的侵略
　或是追趋逐耆

活着
我还要看兄弟阋墙
不是你生就是我死
就连我的名字
——张掖
也是姐夫和小舅子的争斗相执
最后让小外甥来起
在这一夜
就在这一夜
我宁愿死去
但我知道
我不能这样死去
我的子民
我的姊妹兄弟
还在这里
　在这里

繁衍生息

我只能默默地

默默地

在内心流泪

承受着这梏桎

继续挺立

用脊梁撑起

未来的炉火闪熠

他们说，这是精神

一种坚韧不拔的精神

好吧，如果忍耐

是一种智慧情操

是一种传承和美德

我希望不是懦弱

我会守望

我会继续努力

经纬天地

甘之如饴

看着你们龙翰凤翼

风霆电击

所向披靡

继续在东方神奇的土地

挺起

屹立……

……

作者注：

1.汉朝一直与匈奴单于和亲通婚，由单于迎娶汉朝宗室公主。故单于是汉朝皇帝的姐夫或妹婿。

2.霍去病是汉武帝皇后卫子夫的外甥。

3.武威、张掖、酒泉、敦煌四郡由霍去病收复并命名，沿用至今。

我曾来过

——张掖丹霞山的喃喃自语

应读者要求，为张掖丹霞山再写一首诗，证明我曾来过。
是为引。

——2022年8月22日

是谁将上帝的调色板
打翻
跌洒人世泼染
成了酒红色的醉
让轮回的你我
　在此
　　相遇
害羞一笑的嫣红

那刻画在
大地上的彩虹
听山风
　喃喃
　　细语

追随着恐龙的脚印
陪你慢慢老去
最后成了这起伏沟壑皱纹
岁月神偷
偷走的是光阴
流逝的不仅仅是时光
还有那
故乡泥土的芬芳……

回味
是一种幸福
回望
是一种无奈
看成败
是是非非
何尝不是一种依赖
记忆中的蹉跎
五谷不分的小孩
理想中的逍遥自在
或是时代的悲哀
都留在了这七彩丹霞
谁不想
给自己的下一代
留点记忆
证明
我曾来过
那曾经来过的
还有这丹霞七彩
……
……

长白山天池的梦呓

谁的委屈生生
聚怨成
这一池泪痕
在这长白山镜分鸾影
独守红尘
守候着一份
一份海誓山盟
一份前世今生的约定
连那守护的白头翁
也说不清
是命？
还是情？……

微雨水槛秋风
萨满起
踏歌抚琴
这拨弄的是弦徽？
还是你内心
　深深的涟漪波纹？
不识趣的杜鹃
　划过禁锢时空
　泣血声声
远远的
看你枯坐芙蓉
断肠片片飞红
面如梵容
肃穆宁静

映化水月禅境
朱颜终褪尽
繁华笙歌隐
只遗空谷跫音……

举杯笑惊鸿
长啸皓月畅饮
回望来路
恰似孤鹜漂泊不定
秋草平
倦旅吟
问苍天漫漫踽踽独行
天高意难寻
英雄泪满襟……
江湖浮生
乱世烽火狰狞
千秋霸业功名
魂涌

蛰龙惊
黑水黄衣女真
夜阑醒
兵戈兴
一剑划苍冥
铁蹄寇边越过崇山峻岭
直破龙城
醉书春秋倚斜云
奈浮秽太清
竟闭关与世无竞
终是桑榆晚景
断梗飘萍
了了残鼎……
……
……

作者注：

长白山自古被誉为中国龙脉之一。

清朝从建州女真首领努尔哈赤建立后金起，总计296年。从皇太极改国号为清起，国祚276年。从清兵入关，建立全国性政权算起为268年。清朝（1636年~1912年），是中国历史上最后一个封建王朝，共传十二帝，统治者为正黄旗爱新觉罗氏。

2022年8月17日

峨眉山月

临风把酒邀月

试问吴钩三尺雪

璇霄丹阙

起舞霓裳乐

歌不尽

泪盈襟

有风铃入梦

醉影禅音方醒

一秉虔诚

伴随梵唱声声

掬捧清辉

这绝径上的月光

——是谪仙人

　摘星时采下的诗文?

——是郭文豹

泼墨中洒下的豪情?
——或是纯阳子
遗留人世的化羽身影?
……

遥摘金蟾
按剑扬眉独望
云海茫茫
起伏千年
思绪中时空轮转
光阴荏苒
回落在这中皇之山
看轩辕受道
览佛光万丈
或是追随放翁脚步
　与宝印问禅
在繁杂的世界里
为自己
寻找一份内心的宁静和皈依

然
俗世红尘不遂人愿
恩恩怨怨
爱恨情仇
穷沧海桑田
献祭一生孤独
无法将执念
放下
不知这是明月的错
还是我的错
或是
　追随你的影子
　错了?……

也许

没有谁对

也没有谁错

只是

——时间

　　错了……

　　　……

作者注：

　　1.谪仙人，为李白，号太白，四川省绵阳江油市青莲镇人。吟诵峨眉山月的诗歌中，以李白的《峨眉山月歌》尤为经典。

　　2.郭文豹，为郭沫若，本名郭开贞，字鼎堂，号尚武，四川省嘉定府乐山县观峨乡沙湾镇人。

　　3.纯阳子，为吕洞宾，名吕嵒，自称一山五口道人。相传吕洞宾到峨眉山，先隐居罗目猪肝洞，后又到大峨山龙门洞、千人洞等地隐修传道，并在大峨石上留下"大峨"二字。

　　4.放翁，为陆游。曾连作两首诗歌寄情于峨眉山月，分别为《舟中对月》《凌云醉归作》。

　　5.宝印禅师，俗姓李，名宝印，字恒寂，四川省峨眉山市人，世居峨眉，禅师生前与宋代大文豪陆游相交甚厚。

2022年8月13日

西安城墙

禁锢的思想
怎么也无法抵挡
爱情渴望的目光
　穿越
腌臜的贪婪
像杂生的野草
肆虐着
贫瘠的宿命
红尘滚滚
和关外的战马嘶鸣
高高筑起
　这未央宫
　这大明宫
　还有这厚厚的城墙
连着断断续续
看不到边的长城
　禁锢的
　守护的
是一样望不到边的
　屈辱……

骊山的雄风
龙魂何时唤醒？！
千百年的懦弱忍让
成就十七岁骠骑将
　横扫四年
　封狼居胥山

丝绸之路连起了西安的城墙
哦，此时的长安
风正刮着
雨正下着
风雨中的飘摇
塑就了华夏的刚毅
血还未结痂
泪还在流淌
血泪中的苦难
支撑起民族的脊梁

阴阳抱负
和平无法阻止野心和杀戮
马嵬坡的决绝
泪洒白绫
只是一个腐朽王朝向堕落
低头的告白
你走了
香消玉殒的
不是一个政治牺牲
这倒塌的
是一整座盛唐的宫门
或是文人
对忠贞
无法饶恕的伪善
　自卑
　软弱和苍白……

她
仅仅是
一女子
一漂亮女子
一被谪仙人李白盛赞的女子

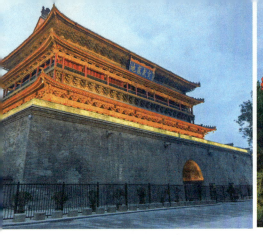

士大夫牌坊和这女子的墓碑
在这斜照风沙中沉寂
沉默的历史
没有声张
只是
用他自己的方式
记录
　死亡的过去
　新生的思绪
　或是华清池里的氤氲雾气……
也许只有
只有这里的温泉还在
还在沉吟
——你走了
　却住进了我的
　心里……
——我流走的
　不是过去
　而是你的
　泪水……
　……
　……

2022年8月12日

烟雨土楼

去年暑期，携妻儿闽南旅胜，领略该地人文。

观山岭纵横，开阔天地，心旷神怡；然，这烟雨下的虹桥土楼，不禁让人浮想联翩："你站在桥上看风景，看风景人在楼上看你；明月装饰了你的窗子，你却装饰了别人的梦"……深有感触，却久久不能成文；近日，翻阅旧照，思绪纷飞，随笔写下，以作纪念。

是为引。

——2022年6月21日

历史的年轮
一圈
一圈
宿命的轮回
一圈
一圈
这下不完的烟雨
这画不清的土楼
这读不尽的人生
一圈
一圈
……

青山逶迤
长路漫漫蜿蜒
阡陌纵横
农桑稻田
亭台楼阁倒映
碧波中黛瓦粉墙
古韵悠悠

漫长
有如一位睿智老人
静静地
述说着过往
历史的明暗
……

撑一把油纸伞
徜徉
在这斑驳岁月
桥
从来路
走向心路
浮华嚣喧归于平静
日月往复
荏苒时光归于安宁
也许有天
发现
穷一生于桥上
韶华
刚在桥头踟蹰
而耄耋
已在桥尾蹒跚
……

一堵土墙
刻划沧海桑田
半部云水
别过时空记忆
那里
有光阴的轨迹
那里
有阴晴圆缺朝云暮起

静默承恩
百年不朽
看惯熙来人往
和这
历史的年轮
宿命的轮回
还有
这下不完的烟雨
这画不清的土楼
这读不尽的人生
一圈
一圈
……
……

梦回大唐

——夜宿山西佛光寺

昨夜风急雨骤

有风铃入梦

似游荡亡灵的悲恸

似阴魅招魂的暝曚

比孤独更孤独的是唐王权杖

还有那战火一仗又一仗

谛听这一场

亘古的法事

　　拜忏

　　　　与

　　　　　　礼赞

惊觉

乍醒

仿佛有时光老去

穿越锈色晨钟

千年吟诵

　隽永

　　恢宏……

不在意得失

不在意对错

喜悦也罢

沉静也罢

这幽幽山岚

空守着这千年寂寞

不需要刻意深沉

也没有矫揉造作

更没有那拒人千里的崇高和巍峨

更多的是一种超然和洒脱

庙宇斗拱

飞檐高阁

刻划盛世大唐闾阎轮廓

尊像壁画

精雕细刻

再现飞天舞姿琴瑟

廊檐下的风铎

追忆着万国来朝丰功茂德

谱一曲

　铁马金戈

　　气壮山河

昨天的流光

关山阻隔

今日的陌生

擦肩而过

片片落叶随风入暮色

竹杖芒鞋

孤云野鹤

千帆过尽叹奈何

在这

　拾阶而上

　　你我

　　　皆是过客

　　　……

　　　……

作者注：

　　佛光寺，位于山西五台山南台西麓，始建于北魏孝文帝时期，唐大中十一年（857年）重建。

　　该寺为中国现存规模最大、最完整的唐代梁架结构的"木构建筑"，也是我国现存最早的木结构建筑之一，被我国著名建筑学家梁思成和林徽因夫妇在1937年发现，由此打破了日本学者之前的欺辱性断言："在中国大地上没有唐朝及其以前的木结构建筑。"——该殿因此也被梁思成誉为"中国第一国宝"。

2022年7月4日

夜泊瓜州
——题写嘉峪关天下第一墩明长城烽火台遗址

寒梅入喉雪愁晚

举杯强欢

辚辚车马长街

醉不尽繁华一黄粱

遗忘千年

柔情刻骨忧伤

犹记塞上

大漠孤烟

霜风冷月玉门关

回首望

狂歌当哭

万里征战汉家郎

胡骑箭影血染

鸣镝无处话凄凉

沧桑

佳人本无错

一笑失江山

空余烽火不语

满眼悲怆

卷里卷外敦煌

道不完昨日昏黄

坟前石碑清词唱

生死思念

倾歌霓裳

鬓霜

起弦风雅梦一场

琵琶泣残阳

古道漫漫

独坐惆怅

伊人泪滴楼西南

寂寞纱窗

残梦断

夜阑珊

倚步小栏杆

倩影孤单

……

……

作者注：

　　夜泊，指停车住宿的意思。

　　瓜州，隶属甘肃省酒泉市，地处河西走廊西端，与玉门、敦煌、哈密相接，乃古丝绸之路商贾重镇。

2022年6月30日

上达的荔枝

应上达村委领导请求，为家乡写首诗。虽已成稿，但内心惶恐，担心给家乡抹黑。乡愁，心怯……

是为引。

——2022年6月1日

起伏跌宕

凹凸不平的历史

来路

向后山延伸

那里

有儿时的回忆

酸酸涩涩

苦了岁月

也似乎甜了今朝的泪眼

是喜跃

也是近乡的胆怯

那懵懂无知的青色

是恋家的依赖

那初生粗糙泛黄的阳光

斜照里

有未来的憧憬

那红色的赤诚

有收获欣怡

　告慰老树的荣光

那黝黑的皮肤

渴望着对故梓亲切

害怕，还有深邃的

眷恋和依偎

曾经的鸟窝
那白头翁也老了吧？
汩汩流向前村
那口清洌的泉眼也该老花了吧？
我估计呀，
老油车再也敲不出
榨花生香味的冀盼了
油夹木上是不是落下了
我心头上的灰尘？
让上达的牌坊和祠堂
怎么擦拭都随年轮
长满了青苔
那牵着我走过东闸门西闸口的老手
你们在哪里？
请放慢脚步
别惊醒他酣睡的笑容
也许呀！
那荔枝树丫做的弹弓
也拉不回昨日

被弹射出去的时光
只有眼前
这盛开的荔枝花
还有，蜜香的甜味
耳畔嗡嗡的呼唤
归来!
来归!……

——转眼
上达的荔枝
熟了……
……

作者注：

　　上达村，坐落于汕尾市海丰县可塘镇，该村盛产荔枝。是作者生于斯，长于斯的故乡。

曙光
——写于西安半坡遗址

陶埙

古老的陶哨
带着埙的韵律
　　在秦岭关山莽野
　　在半坡的夜空中
　　吹响……
这万千年的幽怨
　　呼吸
那各式鸟兽的陶形器
在晚风中
　　嗡嗡回响
　　共鸣……

置身这洪荒之中
静默地倾听
这如歌如诉的传奇
有人说
陶哨是半坡人猎狩的呼号
也有人说
埙是祈祷天地神灵的乐器
睡梦里的小女孩
佩戴着祭祀用的盛装
　　在这沉寂的土地上
　　用棺木椁板搭建的高台

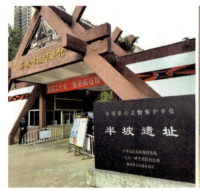

　　漫舞……
也许，时至今日
她都不知
身上穿的不是华装玉石珠串
而是
　　死亡的镣铐

密码

时光不老
似乎这泥捏的岁月中
生命不曾老去
伴随渭水日夜流淌
一场雪落下
把古老的半坡下成净土
　　草木静默
　　　土地也在静默
　　休养生息
欲望芜杂随之褪去
喧嚣浮华随心沉静
　　安享当下

季节飘零等待春来……

一个个
一张张
熟悉而又陌生的
　人面鱼纹像……
这烙下的
这刻划的
　——描摹着母系村
原始的心灵图腾
　——谱写着是秦人
　早期的艺术染料
　或是思考
最后，在
一个个陶器上张扬
述说着灵与肉的冲动
不知是哪位天才

在上面留下
有序组列
等待时间的破译

火种

那矮小的土窑
没有伟岸雄姿
更没有炼炉高温炽热
窑膛里点亮的
点亮的不仅仅是
　昨日生活
点亮的更是
更是今天文明
　曙光的
　火种……

不是追魂
而是追寻
追寻一份不可遗忘的记忆
就如那连通灶
　一端连着过去
　一端连着未来
也许，有如
活在地下的氏族
　或仰
　或俯卧
连通着人们与未知世界
精神和情感
从未止息……

你看

你看——

是谁在静夜星光下

　　燃起熊熊篝火？

是谁在当午汗水中

　　埋下希望种子？

又是谁在秋收的炉膛旁

　　吹响思念的陶埙？

这是在敬拜上苍

　　感恩阳光雨露？

或是献祭大地

　　祈愿仓廪富足？

也许是告慰先祖

　　报天地覆载之德！

　　……

　　……

2022年9月27日

瓮棺群
A Group of Children's Ur...

土遗址保护试验区
Protection Test Area of Earthen Site

土遗址保护试验区
Protection Test Area of Earthen Site

题西樵山

（古体诗）

樵岭陇嶂紫气萦，
三江通达乐承平。
佛山初始入梵境，
文脉千古共勉行。

2022年10月9日 于佛山

莫问归期

——写在 2022 年的最后一天

叶子咳嗽了
水鸟佶屈聱口
寒鸦感冒了
行尸走肉
风亲吻山岚
拉着冷月秉烛夜游
树
流浪太久
停下脚步
让雪地归舟
在沙滩
等待枫叶寄秋
纸鸢说向往自由
云
蛾眉紧皱
请目光别将线收
只有思念的雨滴
在三月把花蕊浸透
长流不息
雨僝风僽

借昨夜二两春愁
跟时光换酒
誓言与鱼对饮
一醉方休

奈何虾上了头

心事重重

把归期托付满天星斗

问残茶宿醉何求？

嘴巴张大呼吸不作声漏

鼻孔百拙千丑

眼睛疼痛

失守

向来路

频频回眸……

泪

跟烟邂逅

把天机泄露

再聚首

如鲠在喉……

……

灰霾

情人的泪眼

降下帷幕

遮掩

客睡的土坯

尘埃笑话季候鸟的翅膀

没有风

远山

扇不动

野兽嗜血的贪婪

人性现实赤裸胸脯

吸吮着乳房

三聚氰胺制成骷髅京观

支撑不起枷锁

搭起的皇冠

日月无言

草木无言

石头无言

土地无言

雨水无言

只有江河说了一句：

酸！……

……

2022年11月7日于广西

人生如戏

潦倒漂泊江湖吟，
我携酒独行！
看岁月流金，
悄然离去，
奈何薄暮冥冥。
回首望，
雪初停。
你犹如骄阳，
盛开花朵晶莹，
岸芷汀兰，
清泠。
月朗风轻，
看不见琴弦，
听不见琴音；
沉入黑暗森林，
我魂牵梦萦……

人生如戏，
戏如人生。
风，
温柔时刻，
　　多情细腻捭阖纵横；
决绝刹那，
　　摧坚拉朽狂遏铠锋。
雨，又
何尝不是同床异梦？
或是伞下婀娜，

久别重逢；
或是残暴哀筝，
　　飘萍断梗。
这风雨中走来，
誓言无声……
生命，
崎岖路一事无成，
看雪舞秋枫。
泪已成酒，
唯有相思慰风尘。
蹉跎，
——孤灯！……
……

生

梦。
一方青席，
尘封；

听秋月一曲，
箫笙；
读清风一缕，
仰望星空。
记忆中：
千里明月故人心，
婉转唱腔写琴声；
岁月一道共天地，
浊眼星辰已朦胧。

即便百年，
穿越时空……
生者可家破人亡，
死亦能富贵转生。
生生死死，
死死生生……

情，
不知萍水相逢，
一往情深。
老生小生，
武生红生娃娃生……
生生入戏，
生生难躲戏中情。
终是逃不过剧终，
灯灭曲散。
老翁，
——泪冷！……
……

旦

红颜薄命，
纵是一曲红尘，
醉醒。
肝肠断，
迢迢十里长亭；
道不尽，
春和景明，
花前月下你侬我侬，
衣香芙蓉。
——也不过是浮光掠影。

相聚须臾，
畅叙幽情。
解语花一意孤行，
奈何吹角连营，
一去相别，
漂泊天涯春已尽。
枯坐，
老了青春皱纹，
任雨打风吹，
草屋何见瓴？！
寒鸦不语荒憬，
魂祈梦请；
破镜再是重逢，
夜阑人静，
烛影相庆。
摇红已无力，
室如悬磬。
残红，
——仃伶！……
……

净

大开大阖，
顿挫鲜明。
不管是红脸的关公，
还是代脸的高长恭，
银河闪熠星宿，
时光倒流秋冬。
再多的青铜，
也无法，
让兰陵王的面具重容。
大花脸二花脸，
武花脸争锋。
也只是，
一江春愁水流东……

没有疫鬼，

也没有傩礼巫臣。
击鼓驱长笛，
驱逐的不仅仅是鬼神，
更是内心，
这无助的煨焚！
脸谱，
乾坤。
张扬着，
一幅幅起伏跌宕历史沉沦，
刻画着，
一个个长卷故事悲天悯人。
那被一次又一次演绎的经武纬文，
何不是你我心底，
不忍看到的孤家寡人；
红尘，
——遗恨？！……
……

末

梧桐雨，
汉宫秋；
读不懂看不透，
这人世的孤独与坚守；
点绛唇，
汉津口，
写不完叹不尽，
这红尘的无奈与哀愁。
各种心情，
有如海市蜃楼，
剧转人变，
浮华落尽难停留；

个中滋味，
有如暗夜涌上心头；
风，吹来
月色重叠如钩，
有舍得成败，
有爱恨情仇。

随遇见，
谋远猷，
一方戏台，
明灭高楼；
演百态人间，
品白云苍狗，
看人生起起落落，
留记忆岁月乞惆……
这一喜一悲一抖袖，
是流失的岁月；
这一跪一拜一叩首，
是漂泊的脚步；
这一颦一笑一回眸，
是苍老的容颜；
这一生一世一瞬休，
是灵魂的归宿。
台前幕后，
生旦净末丑，
戏里戏外，
粉墨春秋。
戏啊，
——怨尤！……
……

丑

丑为百戏主。
人生，
又何尝不是丑态百出？
——潦倒一身，
　　祸福倚伏！
文丑，
武丑。
——清贫富贵酸甜苦，
　　看淡春华秋实；
　　寿百年风烛草露，
　　看惯人情世故；
　　无告者孤寡鳏独，
　　看透炎凉辰暮！
　　……

一路走来，
叩天无路；
有风起花落，
有生命荣枯。
谁能忘？
骨肉相见不相识！
近在咫尺，
远在天边；
是另外一个维度，
无法理解的痛楚……

每一次，
豁然开朗的顿悟；
是放纵过后，
无奈自律哭诉。
人性的扭曲，

是季节寒冬交替的产物；
当日月晦暗，
归途，
充满妄想迷雾。
打开心胸，
放开约束，
遵循内在之佛，
皈依生命之树，
厚德载物。
积福，
——往复！……
……
……

2022年11月28日于西藏林芝

白发当冕

镜前老柏影阑珊，
笑看，
澹泊从容。
昏睡醉书痴入梦，
黄粱泪纵横。
忆金风，
有玉露，
熠熠生辉霞光漾；
清歌一曲离人舞翩跹，
仪态万方，
睥睨流转。

秀色虽可餐，
红颜易老。
临去弄瑟泪尚存，
蝉露泣秋误佳人。
无声封印旧时亭，
踽踽独行。
烛轻盈，
夜难明，
独倚栏杆无处诉衷情；
寒鸦伫聆，
品读岁月流云，
一诗一笔一古韵，
过往道尽。

风絮含远空濛，

当年帘栊。
染霜枫叶漂萍梗，
星稀夜浓，
雾锁长空；
英雄难酬潇湘梦，
叹华发早生。
清愁枕边，
柳条花影窗前，
举杯寄苍天，
青山不老共斜阳，
江色无月伴君眠，
携手并肩。
……
……

2022年10月9日于顺德寒山斋

啤酒

崩溃
长河里
感情的泪

挣扎
想抓住你
离去凄清眼神
一抹
漫延一路……

梦的气泡
却在精心设置的酒杯里
——破灭
……

1998年7月6日 于深圳蛇口

余生劫

午夜梦回，清泠月光，影照窗棂。偶有所感，随笔记下。
是为引。

——2021年5月20日

相思相见聚还散
秋风秋月绊人心
别时相思几结
问卿记否？！
落雪清晖愿此生
……
谁为谁守望？
谁又为谁凝结？！
这千年的泪
这永恒的碑……
……

爱
从来没分开
只有分别
留点遗憾的美
给下一次相逢的期待
枕边人知否？
知否？！
幸福其实就是不断地往复
往复
昨日的你我
不在乎

谁为谁把青丝熬成白发

谁又为谁把青春耗成落花

柔柔呢喃

瑟瑟相思

妖冶芳华

三千弱水红尘一曲

袅袅墨香前世今生

美人如玉

不诉离殇

读尽飞鸿字愁

烟雨不胜陪君醉笑

步之所至

皆人间美境

影随心清

均绕梁乐府

若有来生

为君倾城

……

……

等待死亡睡去

静寂中
等待死亡睡去
在梦想的天堂里笑出声来
告诉生活
阳光下的理想
总被污蔑
　蹂躏和强奸
……

我把生命
　写进日历
你把春天
　还给了我
秋月却与冬雪撞个满怀
一夜将头染白
香烟眯着眼
拿猫粮的
孩他妈在耳边叨叨
一不小心
把絮絮岁月
　镌刻脸上
我答应年轮
把青春献给了明天

阳光很不懂事
闹钟未响
便来串门

自来熟的热切
不打招呼就趴在脸上
偷偷地说，
宿命并不完美
　留点
　遗憾的霞彩
　给下一次见面的期待……
　……
我说，
你留给我的是期盼
　收走的却是时光
　——我们
　很熟吗？……
　……

2022年7月30日

对视

舟泊在岸上
思想停在沙滩
没有风
浪在喘息
彼此的对视
虽是刹那
即是永恒……

远山叫河流书写岁月
树想去流浪
云已在路上
连长生的魂灵也跳动起来
没有诗

心

即是歌

听风铃在吟唱

当尊严你从地上捡起

平淡的喜悦

在脚板贫穷微笑

告诉大地

生命并不疼痛

咀嚼着肩膀的泪水

沙

提醒眼睛

遥远的海岸没有苦涩

终点在等你

……

2022年7月31日 于汕尾红海湾

胡杨树下，等你！

一千年的生长
一千年的相恋
一千年的守候
······

风沙漫卷
回首来路茫茫
戈壁滩
死守着最后的泪眼
碱化的苦涩
已是挺立的最后尊严
是否
　在倒下前
　　放下
放下这最后的一丝伪装
让情感
　释放？······

等你
我在胡杨树下等你
不为当年的誓言

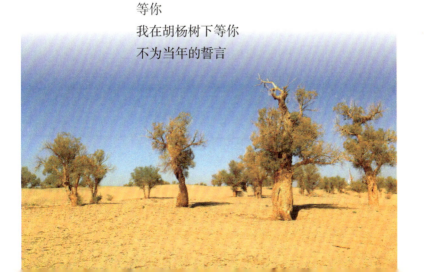

也不为今日的承诺
只为
　这触手腐破
　千年的皱纹
　斑驳……
我
注定是一棵树
生命赋予我
　沉默
不管我
　如何虔诚拜膜
也无法与你相濡以沫
不知
轮回之后
　你是否
还记得我？
——与你耳鬓厮磨
　泪水在伤口
　滴落……

三千年
　岁月如霜
三千年
　等待苍茫
是谁？
看长空寥廓
手提画笔
在大地起落
绘就曲线漂泊……
那魔鬼城凄厉声声诉说
　却笑大漠
　失魂落魄
那天际的驼铃声声孤灼

优游不迫

把希望撒播……

三千年

梦醒

胡杨金黄

三千年

轮回

煮了时光

不管是枯萎春装

还是烈日风霜

或是地狱天堂

等你

依然是

喀什噶尔的胡杨……

……

2022年7月29日

醉漾轻舟

——2022新岁

华灯初上，恰逢新年，与家人夜游珠江水系，酒满意足，尽兴而归。酩酊写下！

是为引。

——2022年1月1日

新符除旧岁

十里长街美景良辰

并臻

拜辞入酒

散却郁结混沌

瘟沉

万象始元春

朗朗乾坤

恣肆兴罢狂歌

侠骨经纶

道不尽昨日黄昏

曾无数执念泪痕

繁华褪尽

兼葭白发浊泪涔涔

已成炊烟桑云梵轮

初心不忘

热血边塞孑然身

长枪破关山

子夜还乡魂

誓言不弃
何处染红尘？

盛世长欢
千灯锦集香车月满斟
醉漾轻舟
倚栏瑶樽问玉宸
影余温
苒荏荏
蛰卧时光
萧散竹林氤氲
举杯沧海千年月
入梦山河万里诗
缤纷
……
……

堵

　　庚子冬岁，小雪成暴雪；长城内外，江南成雪域。全国多地交通、通信多受影响，应急警报持续。

　　愿九州平和，祈华夏吉祥，祝阖境安康！

　　是为引。

——2020年11月23日

雪一直下着
风一直刮着
泪一直咽着
冷
……

信号断了
电话断了
网络断了
连你的信息
也断了
……

航班堵了
铁路堵了
公路堵了
通向你的心路
也堵了
……

有家归不得

有话说不了
怕眼睛也被堵住
折射归来时
饥渴的眼神，和那
消失不了的相思
渴望
……

有家归不得
有话说不了
这堵的呀
何止是归程
更是这宿命
人生
……
……

偷桃的小孩

　　刚收到朋友寄来的大黄桃，恰老父亲打来电话，询问什么时候有空回去看他？——让我想起"庭前老树挂果丰，不见当年偷果童"一诗，不禁泪流满面……

　　本文写的仅仅是一份天性，一份率真；与道德无关，与法律无关，请勿对号入座。在此，再次强调：偷桃是违法行为！

——2022年8月13日

桃子长大了
偷桃的小孩
渴望着爬上那株最大桃树
连隔壁家
守桃园的小孩
也想爬上偷桃吃

桃子成熟了
种桃的父亲
担心着隔壁村的二狗又来偷桃
就连不会爬树的狗
也一起讨厌
他想，
我偷桃的时候
你还没出生

桃子熟透了
偷桃的小孩老了
走不动了
他细细地盯着桃子端详

想着，
二狗家的小二狗咋还不来
不会是在哪偷桃
又摔到了吧？
……

人性
——致扶与被扶的人们

　　近日看了一则《老人摔骨折讹上司机》的新闻，应友边巴之托"写一首反讽诗"，本人尝试着用"中国现代诗歌悖论"中的"中心焦虑"（后现代）手法试写了一首，贻笑大方。

　　请大家以短文视读，勿以"诗"加与衡量批判。致歉！

　　是为引。

——2021年11月20日

老人倒了
没人敢扶
天很冷
地面也很冷
……

有人说：
"人心更冷！"
……

这是2006年的11月20日
上午10时29分31秒
是北京时间的2006年11月20日
上午10时29分31秒
不是格林威治
也不是东京
……

"南京一扶"

这个被人为扭曲的时间
让中国社会的道德沦丧
倒退……
十年
二十年
也许更长
……
人性的扭曲
没有谴责
但人们自此"扶不起！"
……

山没变
水没变
老人在变
情没变
义没变
情义在变
……
场景转换
但现实不是蒙太奇
见义而不敢勇为
"只因伤不起！"
……

这天
有老太不小心
摔倒公交站台边
大家都看着
像是看空气
……

公交到站
我走了下来

老太指着我控诉：
"是你撞到我的！"
我看了一眼身边的老太
老太靠在垃圾桶看着地面
环卫大姐看着我说：
"别随便把'垃圾'扔在地上。"
周围的人笑了……
……

风
没有笑
卷起了地面的灰尘
……
……

姑溪词跋　冷秋

粉黛云飞，
柔情萦绕，
烟波万里长相忆。
月色朦胧凄清，
伊人却在幽夜，
梦迷离。

渺渺春水，
萧萧冬雨，
四季循环自不息。
佳期无凭，
迢迢两水天涯，
思依依。

1996年10月16日 于深圳

乐逍遥

（古体诗）

青天不怜我，
奋起斩苍龙。
百花齐放日，
看我何从容。

携美南山脚，
恣意乐逍遥。
醉书凌云作，
直上九重霄。

作者注：

　　这首诗，或许叫《梦呓》更为合适，盖因最近身体做了个小手术，由此想到许多，却不知所谓……

2022年6月3日

夜哭了

——写在第八号风球当晚暨"9·11"事件

这夜

几个朋友打牌

屋内外都挂着八号风球

夜的脸色随着穹苍的

闪电

一闪一闪地

铁青着脸

苍白苍白的

室内

叫嚣声和着雷声

霹雳　劈打着

响彻九霄　这黑夜

脑海里

随着多次

断电的

黑

空白着　间断地

失忆

打牌的强盗

肆意地奸污着香烟

纤弱的心扉

随着缭绕的云雾

模糊了双眼

难以平复的激动

怒气地喘息

呼啸拍打

恶意地敲打着门窗

随着暴雨的倾倒

夜哭了

山洪奔泻千里

泛浪……

……

2001年9月11日晚于汕尾

第三辑　心灵之歌

问天

一江秋水天长喑，
半月如钩霜满江；
昨夜星辰昨夜梦，
孤灯难觅旧时光。

杯杓遥举问桂殿；
何日金宵共枕眠？
人间有信鹊难渡，
犹记春风入梦乡。

2022年11月27日深夜
于西藏闭环隔离酒店

风起心动
——法门寺外听钟

风起，
心动。
——法门寺外，
听钟。
有风铃声声……
双手合十，
在心。
不在手，
也不在形！
看浮屠之外，
风雪随经幡漫卷。
可惜，风语
难明。
风起，风不会
说话，

雪舞，雪不
作答……

法门，
见性。
不在法，
也不在内外。
得道？悟道？
一切有为法，
一切无为法。
——俱见性！
见闻能做，
回眸一瞥间，
皆是法能，
更见佛性。
只见你拈花一笑，
花开，
花落。
一切法通达！

舍利，
精神。
不在五行，
也不在三界。
舍利塔内，
灯，
在参阅着什么？
般若？金刚？
彼岸！
见，
曼珠沙华从天而降，
你智慧慈祥脸上，

满是柔美笑靥,

眸子深处,

——有光存在。

有生命与你同在;

所以,心

并不孤单! ……

作者注:

  见闻能做,即明心见性不在别处,就在眼前,就在你能见、能闻、能行、能做处,回光一瞥,识得这个灵知就是自己的佛性。

2022年9月26日于法门寺

坐等风来

——写于立冬前夕

叶落
　风起
　　雪飘
似雾非雾的灰色
是季节的更迭
还是你
枫零问候?

深沉
　迷茫
　　冷漠
溶溶月色
是雪的冬衣
还是你
寂寂目光? ……

不想感伤
寒号鸟却叫碎了这天地
鱼沉浸在岸上
水里
没有思想
也许只有七秒
你翻阅了古卷
在我们相识的来路
有风在等待

雪地
风踩着脚印而来
纱窗前的幽兰
在书本上夹叠起蝴蝶标本
精致得像苍白的梦
美好如你
醒来时
花瓣蘸满了阳光
坐等风起，
　风来。
愿，
清风徐来！
……

2022年11月6日于鲁朗凌云客

心宿
——有一条路一个地方一个客栈

有一条路

有一条路
叫318
这是通往
香巴拉朝圣的天险
既是险境
更是美景
追寻
心中未知的向往
在这无穷无尽
　　大壑高山
没有诗
只有远方
现实的世界
　　眼睛在天堂
　　身体在地狱

精神吹不动经幡
祈愿
　　风马
　　带不走死亡
咆哮帕隆在哭泣
　　或是吟唱
唐蕃故道马帮
　　神秘沧桑

也许，还有
这亿万年
　绝壁悬崖风蚀水割
连空气中都在弥漫
　　岁月尘埃
　　风起云涌
　　夕阳……

只有过往
过往的人们
在心中吟唱：
天河金刚
般若非绝境，
林海朵帮
通达皆紫烟！
……

有一个地方

有一个地方
叫鲁朗
这是镶嵌
灵魂归宿的宝藏
升起炊烟
眼里的雪山
在水中自由游弋荡漾
扎塘鲁措倒映单纯曲线
　或是沙鸥回旋
　　情趣嫣然
　　圣洁宁静
　　色彩难言……

避开锅庄与扎年
漫溯……
漫溯在这林间草甸
与白云相伴
多情的虹
也过来凑个热闹
没有喧嚷
有如当初你来
用眼睛搜寻温暖的光
或用心灵
　感受安静的力量
虽是匆匆
记忆里的行思坐想

少了世事炎凉
有宿命一隅
　信马由缰

没有执锐
平淡的理想
仿如昨日亭前
　雨下
情人的眼里
有山风
　吹过……
耳畔
工布弦琴弹响：

纯粹素朴
风华何处寻？
清凉世界
藏地独风骚。

有一个客栈

有一个客栈
叫凌云客酒店
这是宿命
赋予内心歇脚的家园
漫无目的
只因缘
缘起时你来
缘灭时又何必留恋
没有心的呼唤
只有相得甚欢
　得意忘筌
　或是天遂人愿

归宿

在内心疲惫跋山涉川
给予心灵恬静
　　也为这一路风霜
　　一个拥抱吻安
把皓月曲蜷
在伤口
　　舔舔
借这无边的思念
捧一束心香
与昨天擦肩……

跟蓝天
　　摘一片绿叶
把心情翻晒还原
　　分享
感悟漂泊凄苦
寄送流水落花遥远
折叠
　　孤独彼岸
不需要
　　轰轰烈烈的大功毕成
目睹幸福满足于平淡

抚一丝古筝
在雨声
客读心灵相通
厚厚的心绪
离别那日
夕阳残照嫣红

铺开
这告别信笺
你心里
是否还惦念：
诗风墨香
佛光无觅处？
雪域云巅
梵境有奇店。
有？
或无！
……
……

作者注：

　　心宿，也叫明堂，中国神话中的二十八宿之一，为天王的布政之宫。源于中国人民对远古的星辰自然崇拜，是古代中国神话和天文学结合的产物。

2022年10月25日

读你

风起了，
读你！
——风的叹息。
雪飘了，
读你！
——雪的舞姿。
……

这是谁的眼泪？
把秋挂在窗口，
将心事晾晒，
　风干……
顾盼流盼，
怨怨目光长短，
有如那场花事，
逝去——
长的，
是你的爱意。
短的，
是我的心路，
或是这秋的落叶，
几时才能着地？
伴随秋黄，
伴随风起，
伴随这秋霜，
还有，
眼眸里纷飞的月光；

与你零落成泥，
雪舞离殇……
……

2022年10月13日 于佛山

佛光

翻开
时间的漏斗
慢慢阅读
有秋天的风
　夏日的雨
有冬的苦涩
　春的泪水
双手合十
许一世永恒
　为岁月温婉
　为生命的风景
　为错过的黄昏静好
　或是遗失年华草木葱茏

沏一壶香茗清冷
独品禅意
坐看舒卷曼妙
听花开花落道品
默诵苦般若
指尖划向彼岸
直面欢喜
哪怕是梦是影是幻
如昙花月下绽放
　静语
　　寂寞
　　　恬淡
嗅闻梵音如缕

感悟生命素媚
风雨中
　守住
　这片刻的宁静和心香

把素笺心事摊开
　浅浅落笔
　慢慢书写
　细细勾勒……
在阳光下的海，星星
汇聚成
　这秋霜晨露
最后，镶嵌在
　孩子灵魂的窗口
用眼睛
看到了人性
　美丑
看到了希望
　未来……
　　……

2022年9月26日于法门寺

七夕·晴雨

又是一年，
七夕鹊桥仙。
天上，
人间。
几许晴雨潋滟，
几多悲欢离散；
纵是晨风暮露，
晚雪朝阳。
婉转，
流畅，
读来宋唐；
应了百世梦魇。
也已白头，
茕然。
……
……

2021年8月14日

知音·何觅

子期伯牙，
高山流水。
拈花一笑，
那一瞬的感觉，
已抵百年。

何处是归程，
或是，
一直都在归程……
捧一杯清茗，
坐看云卷云舒。
有荷香淡淡，
飘过……
……

2020年9月16日

萨迦回眸

　　近日，应好友邀约，参观萨迦寺，并命题《萨迦回眸》为该寺题写诗文。虽终成稿，但惶恐难安；祈乞上者见谅，合十！

　　是为引。

——2021年1月23日

佛

龙
腾于天
象
行于地
灰白河谷
龙象之地生就萨迦

智者
演佛之义
化愚昧之善
平民困之厄
度众生之苦
成就人心般若金刚

禅

须弥山顶受禅
圣者慧幢
识五明

卫三界
应大宝
制文字
静虑定慧
返观自身
精神成就转世轮回

见性

开悟顿教不外修
见性明心
不仅仅是为道果

一切空性
不起执实握寂止之心
后断一切见
生死无明
亦复如是

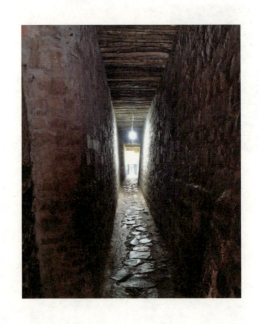

道

人生寂寞
如雪
缘着掌纹宿命
纸墨飞赋明月
梦里叩苍天
何为般若？
彼岸何方？

你看
你看
你往前看
你再往前看

彼岸
就在指尖上
般若
却在你心上
······
······

春雷

春雷乍响
雨淅淅沥沥下着
潮湿的不是
这朦胧大地
而是内心
这不安靖的海
……
……

2022年3月6日

雪落的声音

是谁
一次又一次
敲响
这寥廓
无奈的心室

2022年1月9日

父爱
——写于2022年父亲节

父亲陪我长大，我陪父亲变老。

人终会老去，人终将死去；别让"树欲静而风不止，子欲养而亲不待"成为心中挥之不去的遗憾……

是为引。

——2022年6月19日

小时候
父爱是大山
而我
是你的眼睛
你用坚实的肩膀
扛起了全家的重担
而我用心棂
看到了你的希望
聆听
喜悦的声音

长大后
父爱是太阳
而我
是百卉含英
你用炽热的怀抱
替我抵御严寒袭侵
而我用青春
续写你事业的未竟

领略
沿途的风景

到后来
父爱是大海
而我
是流浪的孤帆
你用目光殷殷
托送我一路远行
而我用背影
溶进你的魂牵梦萦
醒来
沉默的风铃

而现在呀
父爱是记忆
我是泪眼

你用星光刻录
永恒不朽的生命
而我呀
用褪色的照片
折射时空的剪影
请山峦
照看他停下的脚印
让清风带上
我的芬芳
托流水捎去
我对你最深的思念
……
……

生日
——写于儿子十四岁冠礼

5·12
——这天
14时28分
——这时
……
山川失色
天地同喑
一座座丰盈的城市
顷刻间满目疮痍
彻骨的寒冷
无边的黑暗
心
坠入无底深渊

母亲
苦难的时刻
却因你的降临
被定义为喜庆的日子
这刻在
神州大地上的裂痕
这留在
母亲肚皮上的疤痕
是泪水
是痛楚
多难兴邦

希望的种子
萌芽着春的冀盼

曾山崩地裂
崎岖之沟壑
在蹒跚的脚步中
越走越平
越走越宽
曾天昏地暗
失去的色彩
在花开的季节里
鸟语花香
莺歌燕舞

地震
能毁掉家园
灾难

能掠走生命
但无法夺去中华民族之脊梁
——盼儿郎
展蓝图
同大梦
承国运
共初心
长啸仰天
拼搏奋起
缔造生命奇迹
创华夏之辉煌
……
……

2022年5月12日

看你就像看到我自己

——写给儿子的一首歌

（原创歌词，2021 年儿童节）

创作动机：

真不知道今天是六一儿童节。

因为境外传入新冠疫情在广佛扩散，学校采取封闭管理；今早，儿子打电话来，要求送一周的衣服到学校。看着已经长大，却假装坚强向我挥手再见的儿子，像极了我上中学时老父亲送我入学的镜头，含泪离去……

……

主歌一
小时候我也曾淘气
看你就像看到我自己
追鸡撵狗拿手好戏
调皮捣蛋乐此不疲

主歌二
长大后我也曾宕逸
看你就像看到我自己
肤见谫识放诞不羁
使酒仗气风光旖旎

主歌三
不承想我也将老去
看你就像看到我自己
差之毫厘失之千里

垂头塌翅纡郁难释

副歌
就盼你，共社稷
脚踏实地自强不息
厚积成器腾空而起
天荆地棘顶天立地

我与你，共一体
表里如一磨砻淬砺
多闻阙疑乾乾翼翼
人生若寄生死相依

复唱
我与你，共一体
表里如一磨砻淬砺
多闻阙疑乾乾翼翼
人生若寄生死相依

#
多闻阙疑乾乾翼翼
人生若寄生死相依
……
……

追风少年

——向中国共产党第二十次全国代表大会献礼

（南海实验中学校园歌曲）

主歌

追逐梦想

追逐风的少年

扬帆起航

前路漫漫纵有磨炼

克服困难百花争艳

向着光

向着太阳

让意志变得坚强

荣光和辉煌

就在前方

副歌

搏击长空

搏击未来使命

灯塔指引

描绘蓝图妙手丹青

风掣雷行富国强兵

放飞爱

放飞激情

给创新装上引擎

勠力同心

激流勇进革故鼎新

龙跃云津震古烁今

扫码听原创歌曲

摘星和比拼

壮志凌云

主歌

追逐梦想

追逐风的少年

扬帆起航

前路漫漫纵有磨炼

克服困难百花争艳

向着光

向着太阳

让意志变得坚强

荣光和辉煌

就在前方

副歌

搏击长空

搏击未来使命

灯塔指引

描绘蓝图妙手丹青

风掣雷行富国强兵

放飞爱

放飞激情

给创新装上引擎

勠力同心

激流勇进革故鼎新

龙跃云津震古烁今

摘星和比拼

壮志凌云

过渡

天地新

海晏河清

中国梦旗帜鲜明

理想与和平

伟大复兴

副歌

搏击长空

搏击未来使命

灯塔指引

描绘蓝图妙手丹青

风掣雷行富国强兵

放飞爱

放飞激情

给创新装上引擎

勠力同心

激流勇进革故鼎新

龙跃云津震古烁今

摘星和比拼

壮志凌云

创作思路：

校园歌曲作为校园文化不可或缺的重要组成部分，它既能丰富学生的校园文化生活，又可积极地推动校园文化的建设。通过让师生唱起来、跳起来、演起来和动起来，使他们在参

与和潜移默化地践行社会主义核心价值观的过程中既感受到美，也感受到鼓舞与陶冶。

作者在创作立意上，一直坚持：校园音乐作品不仅要传播美、弘扬美，更要肩负起立德树人、以文"化"人的重要职责，而校园音乐作品创作者更应坚定中国特色社会主义文化的自信和增强文化自觉。

中共十八大以来，党中央高度重视文化、教育在坚持和发展中国特色社会主义战略全局中的地位和作用。在文艺工作座谈会上，领导进一步强调，文艺要反映好人民心声，就要坚持为人民服务、为社会主义服务的方向。在全国教育大会上，领导强调，教育工作的根本任务是培养社会主义建设者和接班人。走进新时代，校园生活需要更多充满正能量又贴近师生学习生活的音乐作品。

中共二十大即将胜利召开，作者站在新时代音乐人（诗人）的角度，深入思考如何把握正确的创作方向，把立德树人的根本任务落实到校园音乐作品的创作中；并在多次深入校园了解和体验生活，与师生聊天并与之共鸣；最终，创作了这首《追风少年——向中国共产党第二十次全国代表大会献礼》（南海实验中学校园歌曲），该歌曲阳光向上富有激情，旨在鼓舞青少年斗志，激发青少年热情，进一步激励他们树立远大目标奋进，有效调动年轻人的积极性，提升学习意识和创造力。

2022年8月8日于佛山市南海实验学校

（作者注：该校为作者儿子林文舒初中母校）

由我来天天变老

——致 YZLM 生日即席

母亲的苦难日

捏碎了

父亲的酒杯

在你的啼哭声中

盛满了岁月的苦酒

我

一干而尽

或许

　沉沦

但绝不是苦笑

喜悦

刻划你所有的日月

人生

因你而丰满

生活

也许贫瘠

有你的日子天天富足

快乐是你

赋予生命的意义

感恩有你

感恩你这一路走来

　陪伴

泪水终酿成美酒

感恩有你

让我的生命

更加完整和绚丽

这一路
　走来
我陪你
触摸这个世界
不敢邀功
只有感恩
感恩你
带给我欢愉和幸福点滴
余路
将由你
　陪我
感受星河美好

不奢望
　你的辉煌
　　成就
只盼你
　平安
　　喜乐
如果可以
如果可以选择
在天秤的两端
我宁愿
宁愿选择
选择一个平庸的陪伴
由我
由我来天天变老
……
……

2022年9月21日22时50分
赠友人女儿生日并致诚挚祝福！

山河空念远

——赠别保利足球队名誉队长唐翔

"志坚者，功名之柱也。"盼中国足球莫成国殇……离别在即，伤感不分人群，心有万般不舍，却相对而无言。

应友人之请，为即将离职的保利足球队名誉队长唐翔撰文道别；盖因本人实属足球门外汉，故草草成稿。惭愧万分，致歉！

是为引。

——2022年1月5日

喋血孤岛残阳
绿茵赛场
公子如玉夕颜
书写传奇画卷
纵是兵临城下
九曲连环
到头来韶华倾尽
万世孤单
挽流水一江
离歌奏响
满目山河空念远
惆怅
……

落花伤春节前
泪眼西去低叹
七星倒挂
铁马金戈非等闲

不过是一梦黄粱
问卿离有多久？
天上人间
夜来试新妆
不觉两鬓如霜

盼儿郎
长驱胡处破关山
一骑青史留芳
颠落沉疴
踏马诸侯好还乡
穿越千年忧伤
一世戍客
谁将
这最后一汪泪泉
埋葬？
……
……

七月的雪莲

很久没有你的消息
听到你已离去
燥热的空气
泪水无言决堤
在我心里
你是七月的雪莲
　清冷美丽
在黑颈鹤飞过的雪地
如是如幻
茕茕孑立

你
在天堂安好吧？！
时光的

记忆
清风里起舞如羽
逸游自恣
阅读云水龙山螺溪
红尘外
你跋涉千里
　洗涤风雨
远远看芸芸众生菩提忏礼
只闻花香
不论悲喜

心若莲开
品读生命葱绿
倾听
叶与花的私语
梦如水
爱醉意
用文字把你镌刻雕饰
画你鸿骞凤逝
再把岁月心绪
　轻轻叠起
看你
　优雅转身旖旎
月光
　走过秋的轨迹
枫叶
　在风中沦漪
　游离
——魂兮，
归去来兮！……
……

2022年8月15日（壬寅中元节）于佛山

还来不及送你……

你走了！
还来不及送你
七月
已被黄昏的斜阳抖落
紧随背影的线
总想
　　把时光拉长
　　把美好重演
　　或把关于你的日记徜徉
却被记忆的目光
　　剪断
　　黯然神伤……

人生寥落
　寂寞……
匆匆百年过客
因果
　幻生幻灭
不疑不惑
葱茏韶华
　转瞬
　青丝染成白发
愿
在喜欢时
做欢喜事
别管是劫是缘
　是生是死……

一杯清茗
半份飘逸
灵魂随茶香洗礼
与千古对视
这是超凡脱俗的萍聚？
还是灵与肉的交易？……
一晌欢愉痴缠
　无尽温柔
　红尘绮丽
纷纷扰扰几多
　恩怨情仇
　爱恨别离
都幻化在这
　甘甜与苦涩
生活的
咀嚼和颓圮
现实的
深思与摹刻

卷藏的
也许不仅仅是文化
还有这份澹泊
这份静谧和逸致人生……

帆
忧郁的
　默默
在心路走过
从墨香中
掬捧一把英雄泪
　流淌
　　应和……
——送你！
七月
……
……

2022年8月1日凌晨于佛山

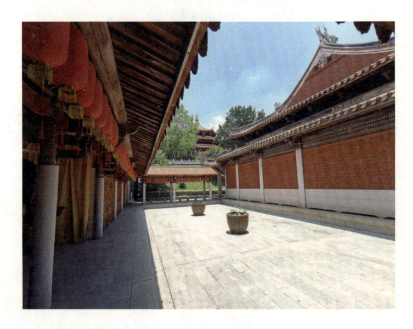

第五辑　盛世赞歌

脊梁
——向中国共产党第二十次全国代表大会献礼

万载昆仑

迤逦鹏程龙蜕

风雪大千气象新

虎跃凤翔吐翠

看黄河滔滔

九曲奔腾赴海汇

披坚执锐

观长江浩荡

楚天望断明月归

一曲渔歌心醉

初心不悔

塞上良人回

巍巍秦岭

挺起南北分水

育三江七泽

犹被褐藏辉

华夏脊梁

笑看风卷云舒

中华儿女

领风流百年竞渡

俯仰天地

多少豪杰壮阔

岁月峥嵘如歌

纵人生漫漫

砥砺磨难

登高楼望远

神州蓝图定江山

梦想话等闲

飞天

……

2022年10月1日 于西安秦岭

火种

——2022 年教师节献礼

不知是谁
在女娲补天炼石的崖壁上
刻下火的图腾
又是谁
在我精神上种下
这万千年不死的火种
这是普罗米修斯
　从赫拉神庙盗来的信仰？
还是燧人氏看护的火树？
哦，不！

也许这是伏羲降下的神雷
最后，萌芽
成了孩子眼眸里那朵
那朵新生的渴望
——有希冀
也有彷徨……

我不想
为谁而活
也不愿
把青春洒在
这没完没了
周而复始的琅琅书声里
就是！还是，
还是孩子们眼眸里那朵
　渴望火花
复活了我的初心
燃烧起我亘古不波的激情
没有宏愿
更不敢夸言树人树木
甘为晨露
托起朝阳旭旭煌煌
愿为云雾
扶升鹰隼万里鹏程
老为残烛
黑暗中
化为你心底那朵
那朵明灭不定的火种
牵引着你
　走向
　光明……

我会老去

也终将老去

　消亡

没有蜡烛

燃尽的勇气和辉煌

也没有石灰粉笔

煅烧画尽的洁傲和伟大

我只是

孩子眼眸里那簇火花

默默无闻

伴随他们成长

呵护他们雀跃欢欣

用这百亩苗圃

看点点星星

花儿

　向阳

　而开……

用这三尺讲台

书写粉墨人生

也用这一园桃李

彰显碧血丹心……

……

作者注：

　　父亲曾是老师、校长，现也已风烛残年。这么多年，为父亲写过不少诗歌和文章，独独不敢从教师这个职业着手来写，怕写得不好，玷污了这一神圣职业。

　　直至今天，虽然写好了，但内心还是惶恐不安。在此，敬请众方家批评斧正，求让心安。谢谢！

2022年9月9日于佛山市南海实验中学

盛世龙魂
——驱散妖魔晴空日月明

8月2日，美国国会众议院议长佩洛西不顾中方强烈反对和严正交涉，与"台独"势力勾连窜访中国台湾地区。

我中国人民解放军、中国人民严阵以待，坚决捍卫国家主权和领土完整！

是为引。

——2022年8月2日20时21分

俯仰于天地
盛世龙魂砥砺
阴阳薄动
立德廉隅
军号吹响凌云志
青春万里鹏翼
雷惊
坤动

"台独"美帝
蛇鼠沆瀣一气
烽火燃
狼烟起
我神州华胄驰赴沙场
齐心戮力
枕戈待旦
巍巍昆仑雄心卫疆域
一统江山

电掣霆击

戎马生郊
三军剑胆插云霄
旌旗翻
英雄现
挟风云之势
射天狼
震魍魉
腾蛟瀚海惊寰宇
长缨引弓擎空护海防
待破介寿馆
看红旗漫卷
日月潭水泛清光
妖魔鬼魅散
……
……

作者注：

　　介寿馆，即台北"总统府"，在日据时代是日本的"台湾总督府"，二战期间被美军空袭烧毁。台湾光复后，为庆祝蒋介石60岁生日修复，并正式命名为"介寿馆"。

永不凋零的花朵

——拜谒察隅英雄坡

四周雪山

凛冽

审视着

这片热血的死亡

没有作声

风

呜呜地哽咽

抚摸着我的发丝

告诉我这长眠的土地

草木一秋

亘古不变

升腾

活着

447座坟墓

寥若晨星

447朵永不凋零的花影

烈士徇名

这里埋葬的

不仅仅

是447条年轻生命

他们

是共和国的英灵

更是华夏不死的龙魂

——他们

与他们
用肝胆昆仑
筑起国界丰碑
浩气长存

风起时
阳光洒在你的脸庞
日暮时
黄昏成了酒色昏黄
没有告别
你的影子
在最后一朵花瓣
掉落的时候
永生
成了花语
生命
最后也成了诗行

过去已逝

未来可期

活着就是希望

就如这夜晚

是什么样的遗憾

能让你一想起就红了眼眶

是瓦弄大捷？

还是西藏平叛？

或是牺牲于建设西藏？！

——

不管世界怎么改变

你都是我的阳光

哪怕是彗星化作云烟

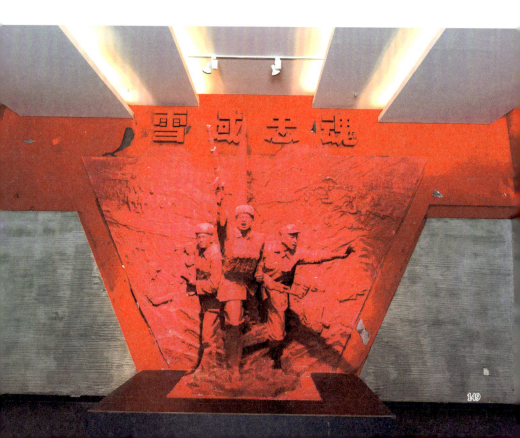

你
一直在我身边

烟火向星辰
所愿已成真
秋收的察隅沟
青稞作揖感恩
松柏常青
用铅笔涂写仙人掌
蓝图摹画
鹏路翱翔
蒲公英的伞
告诉忘忧草来日方长
红色思想
引领着潮流方向
改变着大海的哀叹
生活
抬头看见
牵牛的蓝色花瓣
星星点点
像碧空掉落叶间
成了风信子的驿站
看季节发呆时刻
惆怅
总被打破
渴望
没有兵荒马乱
岁月静好
在心里默淌
暖风拂面
……
……

作者注:

　　察隅英雄坡纪念园,2014年9月30日在广东省委、省政府的统一部署下,由深圳市龙华新区首倡援建,选址在西藏林芝市察隅县城英雄坡上奠基建设;2015年在全国"烈士纪念日",英雄坡纪念园举行了隆重的开园暨革命烈士安葬仪式。

2022年12月29日于察隅

睡美人传奇
——"南海一号"的前世今生

自你从南海走来，沉睡中苏醒，有呼唤声声。

心心念念，一直想走近你，又不敢亲近；怕一不小心，惊醒你白纱织的恬梦和笑靥……近日，赴你之约，走进阳江海陵岛，走进"南海一号"，走进你的"前世今生"……

是为引。

——2022年7月11日

泪的归宿

是谁的泪
滴滴……
这十数万件的青花瓷
也无法
掬捧
你的情感？

又是谁
生生……
将这十里红妆遗弃
要用这偌大的海
去盛放你的嫁妆?
　或是
　　你的归宿
　　　……

是你吗

是你吗?
真是你吗?
……

八百年沉睡
八百年漪梦
八百年时光
　沉浮……
那宋金饰佩
讲述的是你前世故事?
那不甘凋零的青花
在瓷片上泣诉
这八百年风雨和潮起潮落?

这无边的海浪
这无尽的涛声
犹如丝丝琴音
　起伏
　　婉转
　　　……

我来了

我到底还是来了
带着海的颜色
赴你之约

没有深情地亲吻
没有相拥而泣的热泪
只是在心底
　默默低语
　　"我来了……"
怕一不小心
惊醒你
白纱织的恬梦和笑靥

流沙和潮汐
送来问候
告诉我
你一直在等我
等我的到来
并送上

你提前为我准备的
　海浪做的白色礼花
　　还有那幸福
　　　泪坠

生命之窗
为爱而开
人生的那份淡然
宿命的那份悲冽
或是温暖
或是力量
或是荣光
不在意过去
不在意未来
在意的是心中
那从未熄灭的炉火

何处为家

鸳鸯珮
离人泪
三盅浊酒烛低眉
衾影独对
醉相思
玉床无梦入寐
遥寄月光
窥探我为你串起的珠贝
托借清风
轻抚你
　枕边的晶泪

画一个句点

在某一个角落
还有那年秋天
颠簸流浪的游子
家乡
在无眠的深夜
与他喃喃细语

一夜夜
　魂牵梦萦
一次次
　望眼欲穿
孤灯冷月
挥剑乱如麻
剪不断乡愁向谁洒？
寒风老了霜华
何处可为家？
……

龙窑新章

你走时
　风和日丽
你走后
　窑火未熄
你是什么？
　是凤凰涅槃
　　是龙窑里
　　　重生的美丽

穿过岁月的橱窗
透过眼睛
看到你的眼睛

与你对话
你干净得像玻璃杯里的
　冰块
　　一样透明
没有金丝铁线的痕迹
泥土被注入灵魂
承受着时光的触摸
一双双
怀揣着梦想的眼睛
把期待凝固成
汉唐烙印和精美雕纹
渴望着
那纯净的一窑
　炉火
把希望燃烧
燃烧成生命的舞蹈
熔铸出水火的精灵
复活文明之魂
——
　那是你的呼吸
　　那是大海的呼吸
　　　有风吹过
　　　　……
　　　　　……

逆行·执甲

——致敬抗疫一线白衣卫士

近日，因境外输入印度新冠变异病毒，广东多地多人感染。当下，天气恶劣，风雨交加；疾控、卫健、公安、党员、干部和志愿者等职能部门及个人纷纷主动请缨，投入防疫抗疫中⋯⋯

福佑广佛，阴霾终会散去。

是为引。

——2021年5月29日

疫疠起塞外
落地悲鸿哀
暮日西下
呜咽寒鸦
夜苍凉纷纭杂沓
静如水捐残去杀
拔喉痧
灭炎魑
迎激流全员排查
用今天的血汗挥洒
描绘明天的彩霞

鸳鸯佩
离人泪
咫尺天涯
执锐披坚柯作伐
白衣执甲
杏林灯塔

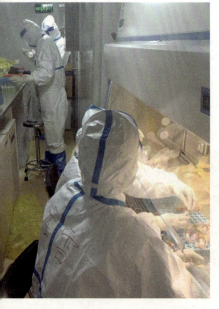

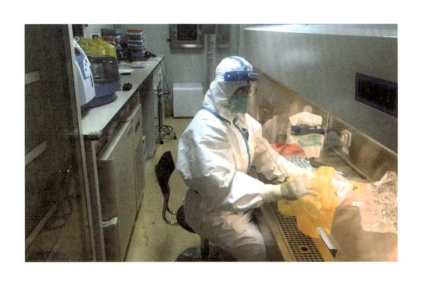

擦肩梦幻刹那
为你拂去眼角泪花
换一世琅瑕

日月如何？
铁马金戈！
丹心为矛
不负韶华
扣剑空嗟乱如麻
一攀一折势可嘉
誓天断发
成就国家闲暇
一粒沙
可见冷暖风雨人家
一份爱
醉了万年烟花粉黛
陌上花开
福佑中华
……
……

风华流砂

　　痛悉山东省支援威海抗疫临床医学检验专家白晓卉于3月20日6时45分因突发疾病抢救无效去世。

　　香港、深圳、吉林、成都、重庆，全国多地疫情再起。打破了多少仗剑天涯的念头，暂别多少家人情侣间的温馨，送走多少阴阳相隔的悲剧……白衣再执甲，用汗水和泪水护佑生命神圣。有感！

　　是为引。

——2022年3月20日

　　　　谁不想勒马天涯
　　　　一剑破苍茫
　　　　金戈铁甲
　　　　英姿勃发

　　　　谁不想花前月下
　　　　抚一丝秀发
　　　　三千痴缠
　　　　相留欢洽

　　　　奈何风雨无凭
　　　　疫疬淫杀二月花
　　　　硬汉柔情
　　　　白衣再执甲
　　　　一骑萧索
　　　　髯霜鬓雪……
　　　　问世间
　　　　多少生死思量？
　　　　胭脂泪

梨花成冢
红颜颊
英雄折腰
琴声殷殷狼烟烈
情丝绕

旌旗猎猎
战鼓阵阵
迎风
擂响
执剑伐瘴
一片丹心写春秋
戈戟云横
一夜东风吹劲
阴霾披离
把酒山河风光无限
青春路上
风华流砂
弹指思念
欠你一生代价
⋯⋯
⋯⋯

国殇
——悼袁公

痛闻巨星陨落，"杂交水稻之父""共和国勋章"获得者袁隆平，因多器官功能衰竭，于2021年5月22日13时07分在长沙逝世，享年91岁。

悲恸泣下，含泪书写"神农"祭。

是为引。

——2021年5月22日15时于佛山

风轻云隐落寒烟

陌歌不祭心伤

听弦断

琴声黯黯

仃伶阑珊君旧颜

鬓如霜

浅笑转身

一缕冷香……

天涯不忘

却是哀殇

思念目光搁浅

寂寥冗长

恨旷野的风把你影子吹乱

你走了

你终还是走了

谷饱穗满忆君一场

泪滴寒潭

见你花开彼岸

空谷幽兰……

山河无恙
人间皆安
盛世国祚遂君愿
你走了
你终还是走了
碗粟之恩
不忘公袁
愿你化作龙魂耀我炎黄……
中国少年
为你执剑
守河海清晏
护临崖暖阳
……
……

第六辑 天空之境

墨脱

莲花绽放，
有梵音螺号入耳低唱。
遗世而独立，
凤彩鸾章；
圣洁且宁静，
自在无染。
月亮，
用皎洁目光，
抚摸大地脸庞。
没有风雪，
夜晚，
天地间，
柔情似水，
气象万千……

生命，
如风如幻。
水一般流过；
梦一样流淌。
朦胧短暂。
恰如花开，
在博隅白马岗静静等待，
等你的到来，
将我撷采。
有如仁青崩，
赤斑羚九色鹿徜徉着雨滴云彩，
或是花骸。

在多吉帕姆眼里，
生长。
幻化成，
洁白的飞莲。
闻音起舞，
角羽宫商……

有人说，
敦煌无处不飞天；
而那飘飘彩带呀，
是墨脱借来的云雾，
妙曼婀娜，
光彩夺目；
那襟绸，
是卓玛拉倒悬的瀑布，
典雅庄重，
雍容大度；
那臂环，
是果果塘的晨曦玉露，
凤鸣麟出，
冰肌雪肤。
现实与想象并存，
人类与神明共舞。
这也许是坛城，
——极乐净土。
更是，
观察内在的心，
外在的身；
烦恼止息，
语出莲花的圣地。
芬陀利，
我将与你相见。
诸相圆满，

心生欢喜；
清静庄严，
光明炽然。
……

作者注：

1.博隅白马岗，即墨脱。

2.仁青崩，即仁青崩寺，又称为莲花圣地，是墨脱最早最大的寺庙。相传，仁青崩寺是多吉帕姆女神化身中心"肚脐"的所在地，也是莲花圣地的中心地，是众多佛教信徒向往的圣地。

3.多吉帕姆，她是一位女性神祇，在藏传佛教多派中为女性本尊之首。

4.卓玛拉，为墨脱的神山。

5.芬陀利，梵语是白莲的意思。

2022年11月15日于林芝

深秋尼洋

深秋尼洋，
是情人的泪眼；
古柏林梢，
书写沧海桑田。
朦胧夜色，
看灯火阑珊；
在雨落的地方，
读温柔窗前，
卷起冬雪纷纷扬扬，
醉赏风月无边……

升起经幡，
比日神山的炊烟，
有游子翅膀在飞翔……
寄心香一瓣，
似叶，
诗酒托付鸿雁。
霜露负剑，
青衣饮马寒江，
匆匆那年。
天涯倦客枕故园，
梦里归舟江汉；
脚印两行，
思乡。
葱茏黑发，
终成水月镜像，
错了流年……

古秀寺的钟鼓，
在心头敲响……
有百里桃花扇，
香薰紫衫。
人面树下棋盘，
落子酝酿，
昨日心绪晴空重现……
有伞，
漫步尼洋，
看层林尽染。
轻纱淡雾一水间，
别来无恙，
携二两清茶，
再相见，
有泪飞云天，
笑了欢颜。

作者注：

尼洋河，中国青藏高原上的河流，全长307.5千米，流域面积1.75万平方千米，水量丰沛，在雅鲁藏布江众支流中排行仅次于帕隆藏布江。尼洋河发源于西藏米拉山西侧的错木梁拉，由西向东流，在林芝巴宜区的则们附近汇入雅鲁藏布江。

尼洋河是西藏林芝地区的"母亲河"，又称"娘曲"，藏语意为"神女的眼泪"。尼洋河沿河两岸植被完好，风光旖旎，景色迷人，途经景点众多。尼洋河风光带野生鸟类众多，这里也是西藏著名的黑颈鹤越冬区。

2022年11月15日于林芝

察隅，察隅！

没有邀约
我向你奔来！
……
这宿世的情缘
沐浴目若的阳光
呼吸赤通拉的晨露
在塔巴放飞轮回灵魂
让脚步的精灵
参阅信仰之名
匍匐于神秘
感应天人
来吧，敞开心扉
用你温婉多情
　溶溶月光下
　歌舞伎町
接受我

轻轻地靠近
靠近你
内心的沉浸……

在桑昂曲宗
　——察隅
我遇见隽永芬芳
在云端
春花与夏日辉映笑靥
秋水与冬雪缠绵
西藏
悱恻中画图峥嵘
典藏着德姆拉缱绻
另一面的柔软
顶礼合十
见人来人往
桑曲从目光流向心海
摇动经筒
在遇见中与你回眸
恰如心潮初升
海浪
退而又进
进了又退
当眼泪来时
仰望
也许悲伤
不会逆流成河

僜人抓饭的炊烟
刀耕火种
拷问着小秦婆罗门
历史沉睡过往
有额头皱纹

独自在黑夜

　吟唱……

天亮了

罗马村的桃花开了

烧一壶清泉

沏一杯茗香

斜倚夕阳

光阴沉下又升起

有密林鸟鸣风扬

远处

云舒云卷

身侧

如黛苍山

在峰岚之巅

在江河之畔

察隅儿女策马扬鞭

舜日尧天

星辉下

雪山丛林草原

逐梦向前……

　　……

2022年11月13日于察隅

行吟察瓦龙

一

归途有风
我愿在此长眠
梅里炎热峡谷
有马帮回望
在古滇藏
茶马故道熙熙攘攘
交融藏汉
察瓦龙这座孤寂落寞的驿站
见证过往

站在历史天空
这方碑前
我虽读不懂藏文

但不禁心生感慨悲怆
悬崖峭壁之上
一个人的眼泪
流成一条河
冰冷刺骨的怒江
河水在咆哮
　　彷徨……

二

掩卷沉思
笑看沧桑变幻
清晨的云雾
犹如一个人的心碎
心碎在这隐隐群山间
弦子的舞姿
昨夜酒气初散
有锅庄的粗犷
也有时间的沉淀

星星也乏了
把太阳推到前面
勤劳的人们跳起萨满
祈愿
呼吸大雾沐浴后的自然
石神恩赐
谷物六畜兴旺
煨桑弥漫
篝火热情奔放
坚强的个性
就如这生生不息的仙人掌
　　外面有刺
　　内心柔软

三

在这个冬夜
我潜入察瓦龙的梦乡
神秘莫测气象万千
回望长安
官道上
来路
遮满了尘烟……

我不想
不想加以推演
汉藏文化的分界线
山有宗
　水有源
　　　树有根
华夏民族的本源
血脉流淌

有一种源泉
渺小脆弱
触及人类起点
栈道上
行走的马帮
尖石
　流沙
　　　塌方
残酷随时会出现
掐断
掐断这一束让生命照亮生活
卑微呼吸的火焰

四

这里有一条河
——叫怒江
这里有一座山
——叫梅里雪山
这里有一群人
——他们自称是
　　卡瓦格博的儿女
它们和他们
串联起察瓦龙的命脉
这是一条河一座山
与一个个民族骨肉相连
共同串起的生命礼赞

雪
慢慢下着
⋯⋯
⋯⋯
今天的雪
下着昨天的雨
昨天的雨
是明天的泪眼
明天的泪
还会流着今天的时光

没有羁绊
没有惊慌
请让我慢慢
慢慢地靠近⋯⋯
打开历史尘封画卷
去寻找
寻找脉动的雪域江南

重读
山河苍茫

五

金色的太阳
照耀着半山腰上
银色的月亮
月
见草已长出
脚步虎视眈眈
紫菀
从不假手蒲公英
笑看花儿绽放
　喜悦宁静
静赏花零红残
　随缘自在

梦想
总有飞天
有颜色的思念
风
吹不动经幡
静阅夕阳

灼烧的马蹄
是怒江的思考和冀盼
牧场
在我心里驰骋
凤凰涅槃
浴火重生
血管勾连着
　　林带
　　　河谷
　　　　山峦
一代代，岁月
有青稞葱茏繁衍
夜静春山
爱是最终的归宿
快乐的家园
都——
篆刻在察瓦龙
自强不息的精神探访

作者注：

　　察隅县察瓦龙乡，藏语"察瓦龙"是"炎热的峡谷"的意思，地处西藏东南部梅里雪山脚下，是茶马古道中的重要驿站。该乡境内的梅里雪山主峰卡瓦格博峰是藏区八大神山之首，被誉为"雪山之神"。

2022年11月9日于察瓦龙

梦回拉萨

  由于疫情原因，拉萨实施静默封控，应援藏博士团之邀，以《梦回拉萨》为题撰文。今闲来无事，且试之，贻笑大方。

  是为引。

——2022年10月29日于佛山

在无月的夜
海浪拍打着我的背
看星空清澈
海风抚摸着我的额
告诉我纳木措
低唱浅酌
盼归

浮生静好
有寒来暑往
轮回……
历史的天空
岁月
只是无奈的旁观者
脚步匆匆
笑看风起云涌
尘埃

不想奴役
更不想被奴役
现实无言
叩谢上苍的恩赐
认真生活的人们
却总拥有月亮
月亮做的渔网
洒出希望
捕捞着敬畏与自然
即使身处坷坎
依旧感恩
闪亮的星光

在黑颈鹤起舞的地方
迎宾石刚硬张扬
却又不失阴柔妙曼
这是两朵花的秋日私语
枝头沁出馨香
那海岸
　　刻划曲线
有二王开阖的流畅
似乎集百家遗风之所长
让人心生景仰

驻足欣赏
天门圣象
蹉跎了尘烟华年
而又不拒人于千里天边
秋
是理智的金黄
在雾后的阳光
梦里
与海鸥一起飞翔
有雪山与经幡
回到拉萨
在布达拉宫广场
风在耳旁
　盘旋

浅唱
我用记忆珍藏
生命纯美的画卷
与留恋……
……

作者注：

二王，是指王羲之、王献
之的合称，后人将东晋大书法家
王羲之和王献之父子，并称为
"二王"。

灵魂的注脚

——果果塘大拐弯的召唤

　　果果塘，是墨脱人民精神的象征。她，代表着墨脱人吃苦耐劳的革命浪漫主义精神，也彰显着墨脱广大党员干部过硬的作风和优良传统；更是新时代援藏进藏干部的理想信念和无私奉献精神！

　　近日，恰逢派墨公路通车，谨以此诗致贺，而歌以颂！

　　是为引。

——2022年10月5日

有？！

没！？……

雪崩　塌方　沼泽

世代横亘着的天堑

一天多变

这天上的云彩

这下不完的热带雨林

从无到有

从有到无

云雾缭绕聚散两依依

雪的故乡

喜马拉雅赋予你生命

南迦巴瓦的哺育

为雅鲁藏布找个灵魂的

　　注脚

在精神层面获得释放

没有英雄主义

只是对宿命
或是自然
或是时间的纵情呼喊
万马奔腾一泻千里的豪情
在果果塘回顾
　来时路
　来时的过往……
跟过去作别
　转身
向着未来进发
不为这眼前的是非曲直
只为远方的召唤
果果塘，你
把而今迈步从头越的气势
书写得荡气回肠
　大气磅礴

绿色长龙盘踞苍翠
龙脊托起龟背
篆刻着华夏地图
上面有唐宋的月光
汉府的茶树

还有那马帮的驼铃……
苦难和坚韧
是你的精神内核
勇敢和流浪
是现实琐细和日常挫折的浪漫
远方与自由
是你永恒的情感追求
岁月正好
生命正好
背上行囊迎着朝阳出发
一切刚好
正是启程时刻
——再见果果塘！
再见墨脱！
再见墨脱莲花！
……
……

墨脱茶叶

临水而落
以风的舞姿
在碧蓝的天空
　划出
轻柔的痕迹
这是
　一次
　不经意的邀约
在水和嫩叶的交融中
溢出了
　一种自然无为的境界
　去留随意
　云淡风轻

这一舒一展
尽是你
　妙曼的身姿
　生活的苦涩
在这持杯远眺中释怀
山是山
水还是水
多了份厚重
少了份浮华
再回首
　远山含黛
　绿水无弦

一转眼
你的微笑
轻柔在
　山水唇齿间
已是千年的茶韵
　悠然……
生命
也在这不经意间
变得欢喜而安静
平庸的日子里
拥有
　内省的
　禅意……

2022年10月30日

墨脱石锅
——致敬历任墨脱援藏进藏干部

寂寞等待
在这尘世的边缘
哪怕是地底
没完没了的炼狱
　岩浆
也无法
让我屈服低头
就如这坚硬的壳
静默里
有竹的刚毅
任风在梢头吹过
外坚中空
虚怀若谷
不为这远山岁月
万锤千凿
塑就这朴实无华的坚定
　传奇
有如空谷幽兰
　隽永
　而致远
虽外表炭黑
却留清白于人间
　内心灼热
　经得炉火炼烧
没有奢华之伪装

不善言谈
　出落大方
用袅袅烟火气
浸润你
　食欲的饱满
　味蕾的富足
　或是恋家的温馨
　或是情人的甜蜜
　……

一口石锅千行泪
磜釬
　凿刻着
　千年史诗

这是大自然
　赐予雅鲁藏布的礼物
让南迦巴瓦背书
　这千年的梦
在莲花秘境墨脱
　绽放盛开
从生活乞讨
　梦想流向血液
最后
被写进美食的记忆
成了深深的烙印
　演化成
　噬骨灵魂
　艺术的化身……

佛之净土白玛岗
升腾的神秘和诱惑
在云端天路延伸
踏着马蹄的印记
跟随着马帮
　远去的驼铃声
　漫溯
依稀看到
看到你
　走出雪域
　走出"高原孤岛"
　走向诗和远方
……
……

2022年9月30日

魔鬼之眼
——写于青海艾肯泉

如果葬我
请你赠我
一滴泪
我会还你一池清波
在你回去的路上
忘川河边我吟唱离歌
你不必哀伤
也不用落寞
我本就是广寒冰魂素魄
只因这
宿世情缘坠入娑婆
最后
沉溺在你的
　爱河

你
行云流水肆意瓢泼
醒睡生命
　任大地流淌颜色
　率性纯粹不做作
在你的
　世界里
我
愿为你入魔
让时间

在泅渡中滑过
　堕落
诗行吞噬我的灵魂
意念的跋涉
把我
　赤裸裸的诱惑
文字苍凉的
　背影
被你血淋淋切割
我只能用冬天的
　白雪素裹
跌跌撞撞绊绊磕磕
用渐行渐远的执着
换你空洞的
　承诺
或是用远方和脚印
　拼死一搏

如果这是错
——这明明是错
那就让我
　闭上眼
　不再辩驳
……
……

作者注：

　　艾肯泉，位于青海省海西蒙古族藏族自治州茫崖市花土沟镇莫合尔布鲁克村，距花土沟镇直线距离约27千米。因长期蒸发，泉水里的矿物质在土地上沉淀出深红环带状的"天眼边界"；从空中俯瞰，泉眼好像一只镶嵌在大地上的眼睛，被称为"魔鬼之眼"。

2020年9月5日于青海格尔木

赴你之约
——写给援藏干部的情书

应援友命题《赴你之约》为援藏十周年写文，一直未能成稿，深是惶恐！又一年，至今方堆砌，深表歉意。惭愧！

是为引。

——2021年11月28日

今世
与你有一个约定
用我之爱呵你冷暖
牵手一份真情
感怀一路风景
美若花开的思念
让雪域高原泼染几分秋色

今生
与你有一个约定
用你之歌吟咏虔诚
珍藏一份心动
掬捧一襟清风
举杯独望归去路
让寒山雪舞醉了万家灯火

赴你之约
在那高岗之上
在那白云之巅
朝尘光生

照破万里河山
以爱之名
赴你今生今世之约定

赴你之约
在那回眸云烟
在那记忆深渊
停留时间
生命写进信仰
以爱之光
赴你今生今世之约定

炭未熄
红泥火炉残梦
暗余温
桃花尼洋清泪
深秋已过
烈酒入喉
一生缘浅
奈何情深
……
……

喀纳斯之恋

　　"听闻远方有你，动身跋涉千里……"耳畔的音乐，契合此刻的心境。没有知会，没有告别；我来时你在沉睡，我走时不敢作声，怕一不小心，打破这湖心的平静……

　　——喀纳斯，我走了！

　　是为引。

——2022年7月26日

等待

这天
　天蓝
　水蓝
素未谋面
　你我不曾相见
我不认识你
你不认识我
不经意的一个擦肩

那回眸百媚绝世朱颜
那温婉禾秾盈盈笑靥
在这天地间
让我沉沦
让我迷恋
让我生死难忘
　心心念念……

看那碧波荡漾
看那山峦层林尽染
看那牧歌升起的地方
你遗世独立
　风情万千
那雪舞楼台
　笙歌留粉黛
似乎在告诉我
你在等待
　等我的
　到来……
那期待的眼神情窦初开
似乎在告诉我
你在等待
　等我的
　撷采……
　……

守望

没有牵手
你一直陪伴左右
陪我喧闹
　倾听风过林梢

陪我静阅
　湖心醉赏秋月
陪我共看夕阳
　余晖斜照渥染天边
就这样
静静地守望
默默地牵绊
没有怅惘
只有
　心灵的契约
　浅斟低唱

有人说，
你是铁木真的情人
你在守候归来的风尘
　……
情深处
我坦白，
我想走进你的世界你的爱
得到你的青睐
　拥我入怀
你说，
我就是你的诗行你的情脉
我一直在
　你的灵魂心海
　……

遗情

没有羞涩
白桦树下
　风温柔地抚摸

在耳边跟我婆娑

没有回避
月亮湾情涛湍急
　我的眼神闪熠
　与星辉含情凝视

没有惊怔
卧龙牧场的欢愉狂逞
　肆意探奇访胜
　撩拨着激情
　纵马驰骋……

这会
你还带我去看"湖怪"
观鱼亭上极目南天
　举杯畅怀
你仰仰头说，
你就是这里的"精怪"！

山的精灵
水的精灵
风的精灵
……

没有知会
没有告别
我来时你在沉睡
我走时不敢作声
怕一不小心
　打破
　这湖心的平静……

我走了
　心
　——却丢了！
……
……

作者注：

　"喀纳斯"是蒙古语，意为"美丽而神秘的湖"。

　喀纳斯湖四周雪峰耸峙绿坡墨林，湖光山色美不胜收，被誉为
"人间仙境""神的花园"。

天空之镜
——茶卡盐湖写给秋的请柬

天已微凉。不经意间，手指已触碰到秋天的问候；我知道，那随风漫卷的落叶，是你寄来的请柬。

追随着秋风的脚步，我走进了青海茶卡盐湖……

是为引。

——2022年8月6日

叶柬

应你之约
我悄悄地来了
没有热恋时的怦然心动
也没有悄然离去的伤感
只有手中的这枚落叶
那是你
　写给秋天的
　　请柬
　　　……

你默默地
把余晖洒在脸上
装饰着
朦胧的面纱
把泛白的记忆
夹进长空的诗页
一改往日

偎依在
大地的怀抱

我远远地
看着你的泪眼
倒映在
天地间的世俗
遗落在
红尘中的美好……
不去分辨
　真假
　　善恶
如镜里
　镜外
　　是美丽
　　　或是丑陋……
仿佛进入
另一个温柔世界
不知是沉沦
还是重生
　……
　……

化羽

在这里
我想化身羽鹤
停落在你不被觉察
苦涩的湖面
像水面浮动的莲花
　为水而来
　　因水而生

沉重的想法
瞬如流星
在静夜里划过
　　如昙花
　　　闲愁空落
　　　　清冷而又寂寞
是宿命的安排
还是你我的约定？

那空灵的六感
还在吗？……
彼此的默契
或是
把思想都带走
并带上这血肉之躯？
　　……

锈迹

初秋的湖面
热切中泛着微凉
小火车顺着孤寂的电线杆
滑向远方
在你的甬道里深入
含一粒盐
回味天籁悠长
这远古的印记
这不灭的味道
历史还没回味
　　还来不及回味
　　　　又被写进了
　　　　　　历史……
就如湖边
浅滩上的管道
锈迹斑斑
……

是你

我来时

天还很热
我来后
　天已凉了
不因风起
不因雪飘
只因你我今生的约定
在轮回之前看你一眼

迎着风
有光阴流逝
不必在乎圆满
有残缺
　未必是遗憾
缘起时不懂得珍惜
缘灭时又何必留恋?
三生石上
也许永远是陌路……

远山倒影
白云悠悠
今世的这次邂逅
约定来生重逢

锦瑟流年旧时颜
明月婵娟寄鸿雁
请记住
生命里
　每一次微笑
　　每一个背影
　　　和那眸子里忧郁
　　　叹息
　　　……
是你，
是你！
……
……

作者注：

茶卡盐湖，位于青海省海西蒙古族藏族自治州乌兰县茶卡镇。"茶卡"是藏语，意为盐池；蒙古语"达布逊淖尔"，也就是青盐的海。

茶卡盐湖四周雪山环绕，平静的湖面像镜子一样，反射着美得让人窒息的景色，被誉为"天空之镜"。

天上人间

——写给鲁朗凌云客的月光

烟雨凭栏

听荷漪香

笑看红尘南归雁

倦了水墨青衫

描眉处

君犹在

夜来试新妆

天上人间

欺霜傲雪

关山难越

浪迹天涯孤望月

髯鬓一骑啸歇

离多久

卿安在

残梦惊寤觉

广陵散绝

倾我一世痴情

韶华泪烛滴尽

一朝白头美人阙惊

朱颜辞镜

月下瘦

锦书无凭

相思成弦音悠悠

三杯浊酒
四海为家
谁伴我春秋
又是谁伴我诗愁
魂归旧廊楼
……
……

2022年6月14日

断羽
——写于鲁朗凌云客

"天之涯，地之角，知交半零落。……"——读李叔同《送别》
有感。

——2021年12月14日

梧桐枯叶片片
最是心寒
烛半盏
冷梦残
忆春风青衫
葱茏岁月龙山
螺水悠扬
玉兰暗香

曾是奋楫
激水中流争往返
奈俗世牵绊
瓢漂染
何处红尘擦肩
填半阕清词
散尽伤感
思念
错过落花时节
任掠影缱绻

静水踏歌

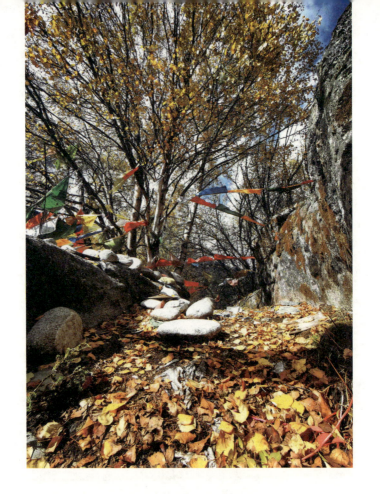

沧笙美眷

轻描笑浅

凝眸望

独惆怅

问卿何往

阅尽银河风浪

怎解孤影冷风薄凉

……

……

作者注：

    龙山，螺水：地名，分别为作者曾就读学校旁边的一山一水名称。

秋天的情话

——写给鲁朗凌云客的暖阳

秋未到，寒意扑面。

一个月来，外来"德尔塔"新冠病毒肆虐，多地深受影响，生活、工作、经济均受重创。然，灾难面前，直面时艰，互助互爱，共创共荣，全国生机盎然。

携手奋进，感恩有你！

是为引。

——2021年8月3日

秋天

落叶一片

丈量着天空的高远

在季节轮回中

任花开花落

云舒云卷

举杯归路

风有余香

秋天

一杯茗香

滋润着你我的情缘

让我牵你的手

看晖染红靥

秋雨几许

愁绪忘川

飘摇流年

秋天
泪眼一汪
深拥着大地的厚瀚
烈酒倾情醉觞
凄草倚孤荒
雪舞寒山
天生韵味
风流裙衫

夜来箫声忧伤
梦里何方
低诉呢喃
眉弯如丝醉红颜
云水清然
凝眸归宿如夏
皓月婵娟
一抹眷恋缠绵
一城紫色满天
划过流光
零落希冀涓涓
欢喜片段
惊醒守望
……
这
就是
秋天的情话
……
……

如此·一生
——写于鲁朗凌云客

又一月。

广东新冠疫情势头初步压下，多地加大防控力度，全员检测；应是节气转换，不巧，偶感风寒。结合当下，颇多感慨。

是为引。

——2021年6月6日凌晨

轻狂

晨风带雾
小雨敲窗
淅沥梧桐亭阁
读不尽那年那月风华
思绪溅墨
点点……
……

曾年少轻狂
百年孤独
万世清高
许一生誓言
奈何
千帆过尽流砂沉寂
旧人颜
泪涟涟
愁肠几结

古道伫立身影
斜阳

再回首
已白头
……

低泯

荏苒岁月过往
洗尽华铅
把剑凄然望
对影成殇
烟云散
月惆怅
道是哀伤诉衷肠
尽是彷徨

生无怨！
死何憾？
野渡吹箫絮如霜
美酒相伴
胜负过眼云烟
昔日败寇成王
竟是魍魉
……

觅寻

愿余生
遂心愿
寻一山水畔
结庐一间
一亩薄田
细雨檐下春光
飞鸿尽处炊烟
清明幽草桑田间
蜓戏清莲
鱼游浅塘

茶前
　忙种田
酒醒
　闲钓鱼
如此
终老
……
……

醉卧桃花
——辛丑春分于鲁朗凌云客

举一杯桃花

邀雪

错把残泪当酒

饮下

却笑春风不解风情

风沙入眼

徒增神伤

一襟烟雨

半世流离

怎奈风尘掩了芳华

纱窗白

梦徘徊

松露阅诗台

一袭寒色

清酒素缘裁

馥蕾云衣香润黛

怕随花信落尘埃

红唇润笔

暖玉入怀

不敌摇烛红腮

低烫

鬓钗……

……

2021年3月20日

峭春风 · 桃夭
——写给林芝三月的春光

三月春峭寒，
雪里桃夭。
一季一满帘。
粉墨染尼洋，
片片花舞。
一步一生莲。

妩媚冰绢，
妖冶芳华。
谁在阡陌间？

擦肩！……
一缕暗香，
琴声婉转。
叹逝去朱颜？
泪涟！……

古道千年，
风中烟花扇，
踮起脚尖，
张望。

问君记否？
邂逅过往，
尘寰茫茫。
苦盼！

莫相忘，
不敢忘！
前梦不堪流连，
陌上花开邀赏；
不思量，

自难忘！
纤指弹花落满天，
你拈花一笑，
从前。
……
……

"寒山斋"作品
2021年2月21日
写于鲁朗凌云客酒店

天上鲁朗

（歌曲）

创作思路：

在歌词创作上主要是结合鲁朗脱贫攻坚上的成果，歌颂党恩政策，同时展示鲁朗美丽且深邃的地缘文化；作品在整体上既能起到提升听众（读者）奋发向上的精神面貌，同时又能起到推广鲁朗、发展鲁朗的广泛意义和作用。

音乐旋律创作考虑使用交错拍子（替换拍子），糅入鲁朗工布扎年（扎木聂）的旋律和乐器特色，结合西藏民乐特色进行混音组乐。

主歌一

有一个信念
是和平安康
有一种攻坚
是日月新篇
这个地方
那就是天上鲁朗
幸福的人间

过渡一

远方的客人呀
羞涩的南迦巴瓦
盛妆待嫁
一抹醉人的红瑕
泼染成唐风宋韵的高雅
等待前世情人来揭起面纱

扫码听原创歌曲

副歌一

漫步牧场的花海
踏着扎年的节拍
篝火燃起来
锅庄跳起来
漫步牧场的花海
踏着扎年的节拍
篝火燃起来
锅庄跳起来
祖国山河添异彩
幸福的歌声传天外

#旋律过门#

主歌二

有一个梦想
是诗和远方
有一个地方

是雪域江南
这个地方
那就是天上鲁朗
人间的天堂

过渡二

远方的客人呀
吉祥的色季拉
深情采下
一朵美丽的虹霞
为你献上这圣洁的哈达

请你喝下这香浓的酥油茶

副歌二

漫步牧场的花海
踏着扎年的节拍
篝火燃起来
锅庄跳起来
漫步牧场的花海
踏着扎年的节拍
篝火燃起来
锅庄跳起来
祖国山河添异彩
幸福的歌声传天外

副歌复唱

漫步牧场的花海
踏着扎年的节拍
篝火燃起来
锅庄跳起来
漫步牧场的花海
踏着扎年的节拍
篝火燃起来
锅庄跳起来
祖国山河添异彩
幸福的歌声传天外
＃
祖国山河添异彩
幸福的歌声传天外
……

2021年3月23日

进藏干部之歌

（歌曲）

主歌一

梦里的故乡
泥土里的芳香
还没有闻够
万里乡愁已神伤

年迈的爹娘
我是你的冀望
还没孝敬够
白发已写满沧桑

主歌二

亲爱的儿郎
画笔上的想象
还没拥抱够
你却已成长坚强

走进雪域边疆
守护的第二故乡
舍不得家乡
深夜品味忧伤

扫码听原创歌曲

副歌

走进雪域边疆
守护乡亲与爹娘
舍不得故乡
却要独自翱翔

走进雪域边疆
守护中国的屏障
舍不得儿郎
只能日思夜想

副歌复唱

走进雪域高原
我愿献出青春与梦想
走进雪域高原
一生为你歌唱……

2021年6月1日
与玉兰合作于西藏

累了 困了 睡了

(歌曲)

创作主线：

用现代爱情故事作背景，讲述两个人分开后想放却无法放下的内心矛盾和情感冲突。

音乐主歌以叙事性小情歌为主线；副歌採用摇滚的嬉皮士风，糅入念白和戏剧花脸出场唱白。以花脸唱白作背景和音，并以花脸唱白结束。

主歌

我早已忘记过去
我早已忘记了你

我早已忘记了你
我早已忘了自己

不做无所谓的敌意
不做这所谓的抵御

爱情本来就是自私自利的东西
却要装作一副无所顾忌

不做无所谓的抵御
不做这所谓的意义

爱情也许就是神经兮兮的东西
却要假装一副缠绵无极

副歌

爱情算个什么东西
光怪陆离

（爱了　哭了　笑了　累了　眠了　睡了）【念白】
爱情已消逝
就让它成为往事（随风去）【念白】
过去了
就没有人会记起
生死相依

复唱

爱情算个什么东西
光怪陆离

（爱了　哭了　笑了　累了　眠了　睡了）【念白】
爱情已消逝
就让它成为往事（随风去）【念白】
过去了
就没有人会记起
生死相依

过去了
就没有人会记起
生死相依
（哇哈～哈～哈哈哈～～～）

2022年6月12日

凌云客歌·醉今宵

（三阕）

一

九霄风雷龙泉傲，
浩荡乾坤虎吟啸。
仗剑江湖丹心碧，
凌云揽月任逍遥。

二

烟雨江山浪淘笑，
四海升平饮琼瑶。
锦瑟窈窈温细语，
烛影摇红醉今宵。

三

扁舟一叶空杳淼，
诗酒琴棋素弦调。
醉里幽梦敬浮沉，
自在天地乐为钓。

2022年5月26日

题寒山斋

寒秋怀寂纷飞客，
山雨更深入梦来；
来路寥向叩灵山，
客舍瑶琴墨意寒。

2017年12月3日

题鲁朗凌云客酒店
——暨雪域林海生态美食餐厅
（古体诗）

窗外山色空濛景，
室内文人雅客茗。
五湖四海凌云客，
梵境览胜气轩辕。

风过尼洋山泼墨，
雨润桃红水清扬。
雪域林海原生态，
圣地美食自然香。

2017年9月23日

仙人掌
——致父亲

我是顽皮的小孩
曾不小心跌倒
您把我
扎得体无完肤

我是大漠远行的旅人
在没有水源的死亡
绝望中
是您给我生的希望

在我成功时
没有掌声
雨后
故乡的土地上
您悄悄地为我
绽放绚丽的花儿
粉的……
　　蓝的……
　　　　黄的……
　　　　　　……

作者注：

　　这是作者的处女作，15岁那年父亲节写于汕尾，并发表于全国刊物《汕尾报》等。关于本诗和本章节《十六岁花季》情况介绍，请详看本书《后记》。

把美丽的日子晾干

把过去的日子
晾干
然后，折叠
折叠成
　方形的
　　圆形的……
珍藏于抽屉
没有上锁
你可以
可以在无人的时候
打开心锁
将它细细浏览
……

1990年9月，写于汕尾

孤独

把自己锁起
在阴暗的房间
任月亮和星星
在窗外
窥探

心
下着无声的雨
秋风打开
窗棂
与孤寂对视
往昔光彩
追随夕阳消失

灰色的冷漠
对话红叶
狭小的空间里
时间变得漫长
欢愉遥远
悲痛在喘息……

1990年11月，写于汕尾

春泳

瓢

一池春水

溢淌成

一串串的铃铛

飘香了田野的绿色

绿色，禁不住

你双手的拨动

激动成

蛙儿的呢喃

蚯蚓的蠕动

有春笋破土

塑就完美曲线

迎着阳光

花枝招展

1991年3月，写于汕尾

目光

草地上
不老的目光
注视着前方
期待着有一朵
清纯的小百合
在我的视野
绽放……

1990年10月，写于汕尾

春的归航

记忆的思绪
将过去忘却
忧郁的心
勾勒出
一帧帧装潢画幅

寻找的目光
期望着
遥远的祝福
追寻地平线上
昨天
消失的背影
深吻
大地的足迹
有春的归航
为你献上
夏月一弯

1992年5月8日，写于汕尾

红豆

想把孤身交给
　长路
渐去的站台
捡拾到了一颗
　红豆
从此　心底
便多了一份惦念与挂牵
秋的夕阳
染红了
愁思和落寞
放飞
　心的翅膀
与蓝天私语
再把心底
那颗红豆擦亮
默默地铺开
这份思念
读你的目光
你的忧郁
一直读到
你长发飘洒的西窗
……
……

1994年3月16日于深圳南山

致 Y

一

艳丽的花儿
总在没人欣赏的时候凋零
后悔
总在伤害别人之后
才发觉对不起

二

心
波涛般汹涌
懊丧　恼怒　自怨
沙滩上
静躺着一行
落寞的足印
走向
夕阳……

三

秋的落叶
写尽诗意
当最后一只鸥鸟
溶进黑暗
静谧的河流
掩不住
忧郁的冷漠

青年　忍不住
摔出一个石子
看河拢合伤口
年轻　尽可抛出
许多
漂亮的石子　但
注意
别人抛向你
心湖的石子……

　　　　　　1992年10月，写于汕尾

走出孤独

把孤独
　捆绑
用包装纸，把它
层层包裹起来
编做成
一个圆溜溜的足球
然后　潇洒地
踢出一脚　让
足球在空中爆洒
爆洒出一个
缤纷的世界
那是一个
童年的世界
你尽可
尽情享受
童年的天真
无瑕的往事
回复一个清纯的自我

1990年6月，写于汕尾

黄昏河畔

咬着画笔
把所有的思绪
静化于这深秋
落日的昏黄中
品味宁静
残阳把身影拉长
季候鸟的翅膀
追寻着故乡
一抹昏红

树梢声，是来自
心底的呼唤
远方的亲朋呵
你们可好？！
拾红叶一片
挂起天边思念的风帆
托秋风
寄上心的祝福
……

　　　　　　1992年10月13日，写于汕尾陆丰

属于前方

踏出去
属于前方
昔日的身影
拉得好长好长
向天际
追寻
昨日的叮咛
轻搂臂膀粗皱的大手
疲惫自信的双眼
也想回望
流浪的心
早已归家
拖起伤累的脚
证实
足迹履痕的坚实

1992年12月29日，写于汕尾陆丰

大海的早晨

起伏的浪涛
心跳
托起红日一轮
羞涩
憋红了海面波浪
灼热的目光
电弧似的一闪一闪
想
觅透蓝天的深处

渔船伸起慵懒的帆
打着哈欠
挥动船桨
拨弄着缕缕目光

击碎了
又新生了
无数的梦幻
海面变幻不定
时而湛蓝如翠
　深不可测
时而红霞扑面
　不敢仰视
或是乌云密布
　拒人千里

寄出去了
邮上
一颗赤诚火辣的心
站在海边
在心底深处
多了一份祈盼与期望
　热烈汹涌

1992年11月2日，写于汕尾陆丰

写信

摇曳的烛焰下
完成了
一次心的航向
羞涩地装入
一颗炽热的心
投向绿色世界
腼腆成春的希望
夏天
刹那开放
红熟了柿子
怯怯地期待秋收
哦，不
也许是等待
等待严冬的考验

1992年10月26日，写于汕尾陆丰

希望我能笑

钢琴不合流
孤独地
搁在一边

希望我能笑
坐下
奏一和谐的乐曲
跳跃的音符
可弹出来的

只是零碎孤单的脚步声
玻璃窗外
那树尾微颤
　枯叶
风一吹
　飘零
　随波沉浮

希望我能笑
打开窗户
让那些无谓的顾忌
胡言乱语
讽刺和讥笑
滚蛋吧！
抛开琐碎的烦恼
找回一个自己的天地
　自由地高歌

1992年10月6日，写于汕尾陆丰

夏夜

顽皮的星星
拉开了夜的序幕
跳跃在孩子们的笑声中
风也活泼起来
月在奶奶
吴刚嫦娥的传说中
羞涩地伸直了腰
瓜棚底下
牛郎织女再度相会
……

1989年8月7日，写于海丰

随想曲

童年的梦想
总是盼望
享受青春的一切
望着夜空
对那缥缈的星星默默
祈祷着明天能够长大

青年的思索
总是回首遐想
追忆
幼稚的难忘

寻觅儿时的北斗
瓜棚架下的故事

严峻的青春脚步
无情拽走金色年华
颠簸出
　苦恼的思绪
　欢乐的笑声
青春的风雨
　迷人的往事
朦胧地隐去
初升的朝阳
奏响新生的一天……

　　　　　1992年5月8日，写于汕尾

生日蜡烛
——写给自己十三岁

点燃一个新的希望
让无悔的青春
浸入
生日的烛光中
塑成成熟的石像
让它
绝对的真挚
　美丽

倒杯
浓浓的黑咖啡
仰头喝下
往昔的苦辣
再次
把满怀的希冀
燃烧成薄薄的蝉纱
叠成远航的风帆
　驶向
　绚丽明天……

语丝

长夜的空旷
一对年轻男女
撑一小伞
互吐心声
那窃窃私语
语丝似雪
飘于无痕
琴弦的风声
呢喃着春的爱意
配合着小雨的淅沥
和谐出大自然的交响

1992年5月10日，写于汕尾

爱与恨

爱与恨
交织着一个圆圆的梦
在这圆的轨迹中
　没有起点
　没有终点

瑟瑟晨风
片片落叶

滚动出无数个圆圆的梦
在这梦的圆心中
品尝
　爱的悲欢
　恨的枯酸

记不清
爱的凄清
恨的痛苦
它总是
在一生中交替缠绵……

1992年5月8日，写于汕尾

心路

岁月匆匆
我期待着你
姗姗来迟的足音
轻叩我的
心扉……
……

1994年8月19日于深圳

篇二

杂谈随想

感恩有你

——写给林文舒的一封信

春峭已过，夏天的炽热就像你的情感一样温暖着我的心；你的阳光、你的笑声、你的一举一动，无不挥洒着你的青春，也无不牵动着爸爸妈妈的一切——目光所至皆是你！你是天使，降临在妈妈的怀里、爸爸温情的目光中，你是上天的恩赐与馈赠！

感恩有你，是你给了爸爸妈妈幸福的源泉，开心快乐；感恩有你，是你给了爸爸妈妈坚强的依靠，老有所依；感恩有你，是你的陪伴赋予了爸爸妈妈今生最丰满的色彩，斑斓、绚丽、热烈……

有爱心——细心呵护兔子宝宝

亲爱的，你已长大。一转眼你就从孩提，成长为一名中学生了；你富有活力和青春，你是朝阳，你是鹰隼，你是鸿鹄，这新时代的世界和广阔天空将任你自由翱翔……

"老年人常思既往，少年人常思将来。"真应了梁启超在《少年中国说》之所言，开口一说已尽是你的过往点滴。但，你知道么？正是这些点滴，支撑起了父母的所有，包括：工作、生活，乃至生命……所以，感恩有你！

你有爱心。记得有朋友从山区给爸爸送来一只兔子，你不忍心它在下一刻成为人家嘴里的一道菜、一块肉。为此，你让妈妈买来笼子和兔粮、青菜，细心呵护兔子宝宝，给它喂粮，给它喂水，给它起名，陪它说话，陪它散步。后来，你怕它孤独，最后还把它拿到大南山农场放生放养。

你还养过小乌龟、金鱼等其他小动物，这满满的爱心一直感动着我们……所以，感恩有你！

懂感恩——给爸爸生日送水果

感恩有你。从小你就是一个很懂事，很懂感恩，富有情感的孩子。你知道吗？你人生中第一次开口说话就是礼貌的："谢谢！"

记得那时，你都快长到十七八个月了，除了含糊不清的"爸爸、妈妈"外，就不曾开口说话，那时你爷爷带着你都担心了。有天中午，你把午休的爸爸从床上拉着到客厅冰箱前，用手指了指冰箱。爸爸问："你想要喝酸奶？"你点了点头。当爸爸把酸奶放到你的手上时，你抱着爸爸的大腿小小声地说："谢谢！"这一声"谢谢"，让爸爸抱着你流出幸福的热泪！

还有，每逢爸爸、妈妈生日或是父亲节、母亲节，你都会很用心地，用你笨拙的小手，细心地为爸爸妈妈做生日贺卡和节日卡，或是在上面贴漂亮的图案，或是在上面画上色彩缤纷的花鸟，或是写上"老爸生日快乐""祝妈妈母亲节快乐"，等等。在这，爸爸妈妈想偷偷告诉你哦，你的画画得很美很漂亮，你做的卡片都很精致很有爱心，每一张爸爸妈妈都存起来了，它将会是我们生命中最珍贵的礼物！

说起生日，爸爸到现在都无法忘怀，你上小学一年级第一学期，有天爸爸去接你下课。上车后，你小心翼翼地从裤袋里掏出，用纸巾包着的3个小番茄，并对着我说："爸爸生日快乐！"（注：我自己都忘了那天是我的生日。）随后，你跟我说："学校下午水果餐发了5个小番茄，我吃了一个，带了4个给你，但是给班里一个'坏同学'抢走一个吃掉了。要不，你就可以多吃一个了！"这时，你还怕我不吃，拿起一个小番茄喂我，说："我洗过的。"当时，爸爸在感动中，含着热泪吃下。后来，在父亲节、母亲节、冬至等节日到来时，你都会把学校分给你的午餐水果或是点心，带回来送给我和妈妈吃……所以，感恩有你！

很孝顺——用心照料生病爷爷

从小，你就很孝顺。家里家外，力所能及的事情，如拖地、晾衣服、丢垃圾等你都会抢着帮长辈做，特别是对待爷爷奶奶更是用心照料。还给生病的爷爷煮面条，炒鸡蛋做菜等。最让爸爸妈妈佩服的就是：陪爷爷奶奶聊天唠嗑。你总能把他们逗得哈哈开心大笑，也能哄得他们开心地给你做好吃的……

去年初，你爷爷确诊癌症晚期，当爸爸妈妈都觉得天都塌下来的时候，你既能宽慰父母，又能保守"咱们共同的秘密"，在不让爷爷知道情况的同时，你用心照料着他。出门牵扶他，看病时还能帮爸爸"搭把手"——兼职小护工。既减少了父母的心理压力，也减轻了父母的一些负担。通过有效的治疗，以及咱们一家人细心的照料和呵护，你爷爷病情奇迹般地好转，现在已基本康复，连癌肿和癌扩散都全部消失了。医生都认为是"不可思议"！……

所以，感恩有你！

守规矩——不做违法违纪事情

"爸爸，你抢红灯了。我们等一下！"你认真且善意的提醒，让我也认识到不足，感叹"活到老，学到老"。一直以来，你都是一名懂规矩、守规矩的好学生：遵纪守法，自觉爱护公物，珍爱生命，远离危险，从我做起。俗话说："无规矩，不成方圆。"在这一点上，你做得很好，从小自尊、自爱、自律、自强；从身边的小事做起，有很强的是非分辨力。

你很朴质，很知足。你从不在金钱和物质上去跟人比对，你总觉得衣服穿在身上舒服就行，东西能用就可以，从来并不在乎别人怎么说。这品质，也很让爸爸妈妈感动。因此，在生活上，你从来没有向父母伸过一次手，或是想买这个、买那个的。相反，是爸爸妈妈相信你不会乱花钱，给钱你去学习管理财物……所以，感恩有你和老师的教育！

有抱负——树立远大理想目标

从小，你的人生观都很正确，有着远大的理想和人生目标。哪怕有一些是"有些空洞或不切实际"，但"有志不在年高"，你们这一代是否有正确的人生观将直接影响到我们国家的未来，影响到我国社会主义建设事业的成败和中华民族的兴衰。可见，树立正确的人生观对当代和未来将起着何等关键和重要的作用。

记得你上幼儿园时。有天，你从学校回来，你说："我长大了要当军人。"我问："为什么？"你答："要保卫国家。"我说："好！有血性，男儿当为国流汗流血！"

记得你上小学时。有天，你告诉我："想当一名老师。"我问："为什么？"你答："可为国家培育下一代。"我说："好想法！中国近代较为羸弱，立国应以教育为基，教育兴则国可兴。爸爸支持你！"

你看，一说起你的优点来，爸爸就喋喋不休、没完没了。真要细说你的优点太多太多了，这是爸爸妈妈的自豪，在这里就不再一一细说了，就以你10岁那年父亲节写给爸爸的诗作为结束吧……最后，还是要感恩有你，以及老师的教育和你同学、朋友的陪伴与共同成长！

2021年5月6日写于佛山

前世情人——鲁朗

春

雪山，用冰冷的目光，审视着四周江澜。

风，是情人的手，温暖而多情。

春天的鲁朗，是冰雪的天地；春天的鲁朗，是绿水奏响新生的旋律。看那即将破土的新绿，扎塘鲁措的冰心，不觉也化了……

清晨的迦拉白垒，在帕隆藏布升腾的雾气中，羞涩地笑了。林海迎着太阳，献上了迎春的哈达。让多娇的桃夭看到了，把嫣红绽放在拉姆的眼眸里，笑靥上。最后，还是热情奔放妖冶的杜鹃偷偷告诉我，圣洁宁静的鲁朗在等待，等待前世情人的到来。

我知道，我不是你的情人。但，我还是来了！不为撷采，只为亲近，亲近你片刻的宁静；或是走进你的心灵，寻求一份内心的慰藉与共鸣。就如，在烦恼的时候，有个人陪你走上一段路，听你倾诉；或是借你一个肩膀，一个臂弯；不需要一辈子的依靠，也不需要成为谁的负累，只要能在固守着伤口的时候，轻轻舔舔，感受疼痛的存在。

也许是缘分，318国道，把我和你串在了一起。没有牵手，只是停靠。停靠在你的怀抱，让流浪的风尘憩息，安享一夜的静谧与温馨……哪怕是匆匆而过的脚步，也拥有这瞬间，空谷的回响，那汽笛的长鸣，就是鲁朗衷心的祝福……哪怕是错过，错过与你的交流，色季拉山口的回眸，惊鸿一瞥，让多情的南迦巴瓦也都羞红了脸，生生为你守候，等你再归来，共赴瑶台，春暖花开……

夏

朵绒措的雪莲花开了。

云雾、雨滴、笑颜。

多愁善感是你内心深处自然的维度，刻画在你的脸上，是高山牧场玛尼石对远方的牵挂，连雅伊沟的流水都写满了淡淡的哀愁，把忧伤挂在了拜峰台的山口，四处眺望。还是德木拉的煨桑了解你的心情，升起风马，把祝福洒播……

远处，卓玛拉在袅袅炊烟中走来，那温顺的小马驹亲昵地跟随，脖子上的花环，是你恬静而多情的灵魂，写满雨对伞的青睐，脚与路的依靠，我与你的诗和远方。

没有过多的交流，你牵着马，陪着我漫步在雨中的鲁朗。雨是温柔的，也是多情的，有泪水轻轻漫过。没有躲避，看风雨追逐；虹带来问候，把圣洁光环镶嵌，镶嵌在你发际的珠滴上，为天地万物带来希望……油菜花跟彩蝶招摇着，招摇着一襟香风，走了一路，香了一路。蜜蜂也来凑个热闹，对花海牧场的龙胆草喋喋不休，告诉它要珍惜眼前，别辜负了时光。紫堇看不过眼，花儿把盛夏点缀，开满了山头，那蓝紫色的花朵自带仙气，在夏日的眼眸里流淌凉意。

坐在湖边，看峰峦叠嶂，云山雾海，碧波倒映。不知这清冷，是否能照看人心？或是把掩映着的人性，净化荡涤灵魂？！……云端之上，起伏着是不安靖的心海，粼粼眸光，是你我悸动的季候风，把思绪拉向远方，有落日夕阳，更有那满山的牛羊……格桑花似乎知道，我已爱上了你，把七彩祥云涂在脸上，跟随着扎年低唱，摆动身姿，跳起了锅庄。篝火升腾着情感，把灼热的爱意升华徜徉，成了扎西岗深深的守望……

秋

秋月皓洁，把霜降挂在叶尖，化为枫叶片片，成了秋日里最深的思念。鸿雁，很不负责任，地北天南，把相思的身影拉长，在空中把秋讯托寄，只问安好，不问归期。

一片叶，脱离了视线，把大地丈量；追随流水翻卷，似心，起伏跌宕，寄给天涯旅伴，那是贡措湖归盼的泪水泛滥……

早起的嬷拉，手摇经筒，在经幡阵系上丰收的哈达。迎阳的刹那，累弯了青稞的腰身；龙炉里的火膛更旺了，飘香的是秋收的喜悦，酥油茶更加香浓了。酒窖里的醇香，也更加浓郁了，飘向远方，醺醉了斜阳。红脸的夕阳，说着酒话，告诉远方，舍不得让你一个人流浪；鲁朗，在每一个寂静的夜晚，进入林海的梦乡，听林涛声声呼唤，盼归，盼你归航！

放养山上的牛羊，听从铃铛的召唤，跌跌撞撞，一路蹒跚，回到久别的家园。没有相拥而泣，也没有阔别的彷徨。在脖头上，轻轻的蹭搔，胜过万语千言。似乎在告诉我，曾经的浪迹天涯，漂泊四方；曾经的孤单苍凉，伤痕遗憾；已在此刻，彼此的相见，成为我热泪铸就的勋章。

阿达不善言谈，紧紧地抱着我的肩膀，粗糙的大手，从我的额头用力地抚摸到我的手掌。问起我的过往。我风轻云淡，泪眼也会骄傲，载笑载言；不为过去的时光，也不为今天的辉煌，只为那已结痂的伤疤羁绊，韶华荏苒。——在心底偷偷默念，我曾经用力地追逐，我的梦想，气逾霄汉……

冬

一场大雪过后。

鲁朗，迎来一冬的安详，进入冬的梦乡。山是寂静的，水是寂静的，连树丫上聒噪的白点噪鹛也窝在家里沉静地安眠。

清晨，太阳斜照着美郎曲登。初升的云霭，冲腾着远处的雪山。初冬的湖面，还未结冰——倒映着历史的天空，还有鲁朗的过往；述说着圣洁宁静的由来，默默地告诉过往的人们，龙王谷的传奇与向往。

白茫茫的雪地上，牦牛星星点点；有如水墨丹青落笔宣纸上，成了大胆的留白和有序的勾勒想象。看那枯草掩映阳光，马儿毛色油光发亮，不禁让人有驰骋疆场的豪气万千；眼里，看骏马奋蹄张狂，看风卷雪花浩漫，看快意恩仇沉酣，看耳鬓如霜缠绵，看春意荡漾姣妍。那是何等壮观！

不远处。民宿、街道、小镇，别有一番泼染，整齐划一的藏式风格，彩色斑斓，美轮美奂。雪让白墙更白，让红色更艳，让黄色更加灿烂，谁敢说这一幅天然的画卷不是神仙居住的地方？！

暮冬的雪月，是忧郁的；表面冷峻的鲁朗，内心却是炽热的。

雪起时，纷纷扬扬，把天地装扮。雪停时，熙熙攘攘，孩童老人笑开了颜。雪人，堆在康桑的广场；打雪仗，是冬日必不可少的对垒酣战。丰收的人们，围着龙炉火膛，跳起了幸福的锅庄。

一阵风吹来。云杉，把帽子上的雪抖落，却为出来找榛子的松鼠穿上一身白色的羽绒衣衫，成了跟夜枭躲猫猫的伪装。这时的五寨是恬静安逸的。随着太阳的升起，牧场的雪也化开了。人们开始躁动起来。

工布牧歌的鸣箭响起，载歌载舞的人们随着赛马的蹄声热烈欢庆。作为国家非物质文化遗产扎年的发源地，一曲《扎年弹唱》是必须的开胃菜，那出神入化的表演，撩动着你我的心绪，似乎品味到鲁朗那历久弥香的历史青稞酒。看，快看！那引马弯弓、力士抱石、糌粑团圆、藏装走秀、篝火锅庄、望果巡游，这些独具特色的民俗表现形式，如一朵朵盛开的奇葩，在一声声"工布罗萨扎西德勒"中，吸引着无数的游客相约鲁朗，燃烧自我，尽情投入……

雪，又开始下了；梦，又开始模糊了。

梦里不知春来早，是不是又到了踏雪寻梅的时节了？鲁朗的春天到了？！

2022年12月5日于西藏林芝鲁朗凌云客

古海岸遗址见证沧海桑田

秋风乍起。

初秋的江南天空一远再远，斜阳的余晖写满桂树的思念与落寞，孤独地伫立在这古海岸的崖石上，似是在翘首等待着远去的潮汐，再次叩响这千万年孤寂的心灵……风过树梢，那漏落树影下的金黄，耳畔沙沙响起，这是海浪的亲吻？或是大海的女儿在这古海岸的沙滩上遗落的足印？也许，这是伊卡洛斯穿越死亡的时空，在这石碣的滩头上点燃篝火，跳起了古希腊舞蹈……

就是在这样一个秋风乍起的日子，我踏上南海狮山石碣古海岸遗址，拜谒和凭吊曾在这里生活和改变着这片神奇土地的先民。并为他们踏潮而生，迎浪繁衍，拓千古风流之雅章，道一声："乱石穿空，惊涛拍岸，卷起千堆雪。江山如画，一时多少豪杰……"

今生——海蚀地貌千姿百态

顺着石阶，一步步登上石碣古海岸遗址的崖石上。两边长满了桂树和松树，相互交错，遮蔽着一段段起伏不平的古海岸线，似是在告诉人们，这是万千年神奇造化的最强音。绕着这一段段错落有致的崖石，不时可以看到那些被远古海浪冲刷出来的大小洞穴，光滑中显现着许多斑驳。同行的向导告诉笔者，这些凹凸、斑驳正是海生贝壳寄生岩石上，在海水退却后凸显出来的，后又经历着沧海桑田变幻，在风雨的洗礼下形成了现在的这般光景。

据了解，古海岸线，即过去的海陆交界线，大多指第四纪时期残留的海岸线。石碣古海岸遗址的标志竟是一处"石阵"。在村子东面的后山旁，一字排开的岩石连绵百余米，高约10米，形似一道从平地崛起的石头屏障。这些所谓的"石阵"，其实是由海蚀崖、海蚀平台和海蚀柱组合而成的海蚀地貌。顾名思义，海蚀地貌的形成归功于海水对岩石的不断侵蚀。日复一日，年复一年，看似柔弱的海水终究把坚硬的石灰岩雕琢得千姿百态。与英国巨石阵恢宏的人工美相比，石碣古海岸遗址的"石阵"可谓名副其实的"鬼斧神工"。

被削尖的顶部成了陡峭的海蚀崖，被冲击得侧面留下深邃的海蚀洞，被抚平的部位演变为海蚀平台，海水进退摩擦的地方则成为海蚀柱。这些经过海水打磨的"元件"均属于确定古海岸线的主要依据。它们随意组合，相互穿插，变化多端，浑然一体，共同拼合出一幅现代海水作用而成的完整图景。高约10米的海蚀崖下常嵌有深达2米、高达3米的海蚀洞，洞前方往往向外伸展出宽6至15米的海蚀平台，台上还时而拔起几个高1至2米的孤立的海蚀柱。

石碣古海岸遗址的海蚀岩表面坑坑洼洼，沟壑纵横，呆呆地立在山脚边，赤裸裸地任由雨打风吹去。不过，令人啧啧称奇的是，有些裂缝相凹陷处竟然长出了枝繁叶茂的树木。原本"衣不蔽体"的海蚀岩不再死气沉沉，树冠在岩石表面投下斑驳的影子，摇曳生姿，给遗址带来丝丝生机的不仅有从泥土蹿出的绿芽，还有在水中潜伏的贝壳。海蚀洞下的岩缝或海蚀穴里，粘附和聚集着不少生长于咸淡水交界处的软体动物。

前世——古海岸线丈量沧桑

远古时期，石碣村是古海湾岸的浅水地带。千百年来，由于平原不断冲积，海水渐渐外退，往昔的海岛得以浮出水面，如今的小山丘才见天日。2000年11月出版的《南海县志》记载：松岗石碣村的海蚀岩乃古海岸遗址，既是海陆变迁的见证，又是地壳运动或海面变化的标志。如今，这里的石群静静躺着，悠然自得，安分的背后或许掩藏着海陆变幻的沉重步伐，留下了时代更

替的不灭印记。追踪步伐，考究印记，不同时期的海陆分布展现眼前，古代地理环境亦了然于胸。

有专家对石碣古海岸遗址的地貌进行鉴定后，认为珠三角的起点在西江羚羊峡东口、北江三水芦苞和东江东莞石龙，把其视为古代最北海岸线的顶点所在。这条古海岸线的起点站为广州市东南的黄浦，往西经过石湾、南庄和松岗，再折向南贯通顺德的均安、江门和新会，终点站为新会古兜山东北麓的沙富。其中，石碣古海岸与东莞石龙相衔接，是已发现的众多"站点"中保存最好的一处，其价值远在广州七星岗古海岸遗址之上。

踏破铁鞋无觅处，研究珠三角古地理、古气候、海浸进退、地壳升降的极佳样本就在石碣村民的家门口。村里的老人说，石碣村拥有700多年历史。广东省孔子后人最多、最集中的村落要数石碣村，村民自称为孔子后人，村里90%以上的村民都姓孔。如此难得的礁石滩景为石碣村平添一份朴实的古韵。与石碣古海岸遗址类似，里水虎头岗遗址也折射了佛山地理环境巨变的缩影，保存着清晰的"角度不整合地质剖面"，实在难能可贵。

争议——古海岸乎？火山口乎？

随着广州七星岗古海岸遗址的开发，"古海岸热"扩散至松岗，石碣古海岸遗址获得了更多的关注目光。2004年2月，南海区人大代表提议：要长期保护古海岸遗址，必须借鉴一些文物景点保护的经验，将该处开发为旅游景点，达到利用与保护的双赢效果。最终，人大代表达成共识：筹建古海岸遗址公园，使公园成为继南国桃园之后的又一景点。石碣古海岸将跨越历史的厚度，从饱经沧桑的自然遗址，摇身一变成为现代人了解历史、探索自然的休闲好去处。

然而，遗址公园的开发进程被"石阵"的身世之谜绊住了。2004年6月初，广东省文物考古研究所研究员刘成基应邀对石碣古海岸遗址作新的鉴定。刘成基在遗址取得一些瓦片，作技术处理后认为那是宋代的文物，证明遗址确实有较悠久的历史，与古海岸的久远年代不谋而合。但他补充，凡是古海岸遗址都能见到生活垃圾化石，可是石碣的遗址没有发现这一标志物。刘成基提出，这里实际上是一处火山口。确定古海岸线的依据除了海岸阶地、海蚀洞、海蚀崖、古海滩和海滨生物遗骸等直接标志外，还有海陆相底层或沉积物分布的间接表现。

是古海岸？是火山口？"石阵"的正身尚待验明，遗址公园的开发工作因此骤然停下。"火山口"一说使石碣古海岸的知名度经历了意想不到的火山式喷发，各地游人慕名前去，或领略海蚀地貌的独特风采，或拍下嶙峋怪石的矫健姿态。

专家——古海岸形成于五千年前

"在礁岩上，仍可见以蓝砚、蛤蜊为代表的海生贝壳层。"佛山科学技术学院几位地理学专家多次亲临现场，做了多次考究，始终认为石碣村的这座"石山"属海蚀遗址，它拥有海蚀地貌的特征，如海蚀崖、海蚀穴（洞）、海蚀柱、海蚀平台等。原佛山大学地理学专家杜学成说，现在走近这些礁岩仍可觅见当时海生贝壳的斑斑残迹，也可在这片海蚀平台找到贝壳碎片。专家推测，石碣的海蚀遗址形成于中到晚期的全新世海进时期，距今约 4640~5000 年。由此可见，如今的南海官窑、松岗石碣、里水沈村、盐步罗村等地与禅城河宕贝丘遗址发现的牡蛎壳等可能都是当时海平面附近的海上生物。

据杜学成介绍，在20世纪80年代，省地理专家已经发现佛山地区（现佛山市）有4处海蚀遗址，如南海松岗石碣村古海岸线遗址、南庄镇藤冲石岗、石湾街道石头村海蚀遗址和顺德龙江镇锦屏山北坡海蚀遗址。但是，随着经济的发展，加上市民对地理认识的贫乏，有些人在这些珍贵的遗址上盖房子，彻底破坏了3处遗址。仅有石碣村古海岸线遗址幸存至今，也是目前发现的佛山境内唯一的海蚀遗址。

2008年9月3日于佛山南海

解构被遗忘的"深巷明珠"

——三水西南武庙196年的前世今生

　　一场大雨过后，屋檐下避雨的人们又开始活动起来。原本清冷、静寂的街市顿时热闹起来，人流车流熙熙攘攘……音像店里还传来蔡琴阵阵歌声："是谁在敲打我窗，是谁在撩动琴弦，那一段被遗忘的时光……那缓缓飘落的小雨，不停地打在我窗，只有那沉默无语的我，不时地回想过去……"

　　顺着热闹的人民路往江边方向挺进，穿过两条静默的巷弄，路突然开阔起来。前面意想不到地出现了一个广场，广场中央镇着一对威严的石狮，这就是藏在深巷中已不见昔日光彩的三水重要文化遗址——西南武庙。这里，是一片被现代人们遗忘了的净土，宁静、深远，鸟儿在这里雀跃嬉闹，自由地鸣唱……眼前的石狮，沧桑巨眼极目长天，好像要把满身心的悲怆发泄在仰天长啸中，一下把笔者带进武庙久远的历史风尘中。

　　接待笔者一行的是戏称西南武庙"守庙人"的徐永康。徐从小就在这里读书、玩耍、成长，长大后又在这里兢兢业业工作了三十多年，现在是佛山市政协委员、三水区总工会副主席。徐多年来致力于西南武庙修复工作未果，在去年初，他还以提案方式在三水区政协会议上提出修复三水首批重点文物保护单位西南武庙。

"岭海回澜"曾是岭南一景

　　武庙坐落在西南镇新风路，面临北江，现为三水区总工会大院和工人文化宫。据《三水地方志》上记载：西南武庙，又名关帝庙。清嘉庆十三年（1808年）由西南镇各行业集资兴建，占地面积900多平方米，分前殿、正殿、后殿三进。中华人民共和国成立后，前殿、正殿被逐步拆毁，现只存后殿未拆，但格局已全部改变。武庙文物除石狮一对仍保存外，余皆散没。

徐永康说，武庙山门对着风水口，以五龙争珠局依水而建。当时武庙山门还是岭南一景，江面开阔，鸥鹭成群，渔歌唱晚，美极了。前些日子南武当公孙道长前来考证时也印证了武庙山门与南武当山门一样使用五龙争珠局。

据公孙道长在北京图书馆和广州图书馆查到的《广州府志》和《广州县志》中，"岭海回澜"确为当时岭南一景，有众多名人诗词为证。如陈献章写的《动星隐钓·西南沙》中便这样写道：一蓑归去钓秋江，泛酒春鸥白一双；若比桐江还胜概，任是神仙也括囊。

东南亚最大的石狮子

"据考，这对石狮子是除明祖陵等皇家园陵以外最大的一对了。1988年，前来挖掘三水白坭贝坵遗址的国内外考古学家们到武庙考察时说，这对石狮目前是东南亚最大的石狮。"徐永康指着石狮子向记者介绍。他说，石狮雕塑于清道光二十八年（1848年），为西南曾盛昌石店的工匠们所雕献，前高1.7米，尾高0.72米，身长2米。狮身下垫石高0.17米，高1.1米，长2.1米，宽1.15米，整座石狮通高2.27米。原置放在山门前，后多次搬迁，才放到广场中央的。石狮子垫座四面雕刻花鸟走兽，反映出当时西南人民的美好向往和追求。

在西南还流传着许多关于石狮显灵的故事，且令当地居民深信不疑。相传，武庙开光不久，一渔艇（旧时水上居民称谓）孕妇半夜起身夜香，耳边不时传来狮子长啸声音。从窗口悄悄探望，只见江边处有两头狮子一边饮水一边嬉闹，时而仰天长啸。遂摇醒丈夫，让他看望，然其夫却看不到江边有什么。孕娘却言词凿凿地一再声言目睹，这令家人甚为担心。连夜，一家人带上冥具前往武庙跪求，在山门前，他们看到石狮前身湿透，水迹清晰，方深信不疑。其后，西南人民时常听到有人目睹"石狮每天晚上夜深人静时都会去北江喝水"及"狮子游街守夜"等传说。

也许是巧合，素有"百岁老人"之称的徐经（徐永康伯父），却为记者讲述了另一个关于"石狮子显灵"的真人真事。他说，20世纪中叶我国破"四旧"时，许多历史文化遗产毁于一旦，武庙同样不能幸免。当时，在武庙广场上，他目睹了这样的一个过程：广场上聚满了"打倒牛鬼蛇神""捣毁一切封建遗物"的人们，有一名激进青年索性爬到石狮上面，用大铁锤敲打石狮。第一锤敲掉了尾部的一小块石，第二锤再敲掉了尾部的一小块石，第三锤才落下……一块小石飞溅出来，刚好击中了当事人的左眼，鲜血正好滴落在被敲破的狮身上，而大铁锤再巧不过，正好砸中另一名想爬上去帮手的人脚上。现场立马一片静寂，众人散去。回去后，两名当事者不久因癌症和车祸死亡……从此，再也无人敢破坏石狮了。故此，现在的石狮基本保持完好，只有被敲掉的那块无法再恢复完好了。

记载广东最早的工人罢工

在武庙内殿的墙壁上，有一些碑石记载着与西南武庙史迹有关的文字，虽然大部分在"文革"期间被毁或被人用水泥封死，但还是让笔者看到题为《奉县宪严禁万福堂设立私局馆敛钱把持停工碑记》的一块碑志。从碑记上可以看出，它是旨在严禁工人罢工而立的。

据中山大学历史学专家教授的调查，那时西南全镇有"米工"四五百人之多，而参加斗争者有近二百人。在一个县城小镇，可说是"声势浩大"了。而这四次罢工被认为是史料记载中广东最早的工人运动。

专家们认为，武庙这一块碑石的发现，对于研究我国封建社会后期，手工业行会内部劳资双方的斗争和研究我国资本主义因素不断增长，有一定的史料价值。同时，也是研究我国工人运动极其重要的历史文献。

一对盘龙柱价值连城

穿过石狮，走过一条石板道，就走进了武庙的后殿。石道的左右两边分别是由原武庙的厢房改装的一所职工业余学校和一间幼儿园，里面不时有喧闹声传出。后殿殿堂里堆满杂物，原来的关帝像等都已荡然无存，殿堂已没有昔日模样。武庙的昔日风采已经逐步被后人遗忘。

在徐永康的指引下，笔者在武庙原址发现了许多闪光的历史"碎片"，这些碎片作为历史的遗存，一端连接着古代，一端连接着现代，彰显着武庙作为文化遗址的价值所在。

在武庙的后殿，徐永康指着一对盘龙柱说："这是武庙留存的最有价值的文物，清华大学教授何宝森看到这两根柱子后，连连赞叹，称它们为藏在深巷中的明珠，并说这两根柱子每根都价值连城，如果非得用现代货币来衡量的话，每一根蟠龙柱价值在300万元以上。"从石柱留存的清晰字迹上看出，石柱是在道光二十四年（1844年）建成。

据悉，当时何宝森教授认为，这两根龙柱高妙和昂贵，是在这两根盘龙柱由麻石以浮雕的手法刻成，直顶住后殿的殿顶；且是蟒蛇为身，这是中外龙柱中不多见的。他表示，一般龙柱多采用传统的真龙身盘柱而上，底座为龙之九子之一的赑屃，且多为南向，即从风水学中"南望望君去，北望望君归"演化而出。而这龙柱却从"关帝"终是"侯身"为立足点，确定封建帝制中的等级划分，进一步进行艺术加工，使工艺与意念交相辉映，相辅相成，到达艺术顶点。

在徐永康的指引下，笔者还看出这两根石柱的秘密。原来每根石柱的底部都是由4个造型逼真的外国侏儒抬着。4个洋鬼子形态各异，有的身穿西装，有的穿着燕尾服；有的戴领带，有的结领结；有的戴高筒帽，有的戴圆帽。从时间上推算，重修西南武庙时刚好是鸦片战争和三元里抗击英军战役之后，由外国侏儒抬着盘龙柱，饱含着深刻的民间反帝反封建情绪。

武庙存疑：供奉的是谁

武庙由于历史原因，破坏较为严重，很多文物去向不明。因此，也造成了许多疑团、疑点等。最大的存疑竟然是：武庙供奉着谁？这一问题一直争论不休，未有定论。

徐永康告诉记者，因为听长辈们说小孩子们摸了菩萨金心，会进步，读书聪明，所以，小时候常在庙中玩耍，最喜欢的就是爬过"文革"时的封墙，到龛里摸菩萨的金心。印象中，大殿中侍奉的是刘备、关云长和张飞，且都是正面坐像。

"百岁老人"徐经却有不同意见。他说，一直以来，武庙中都是供奉着关云长、关平和周仓。关平和周仓分别立在关羽左右，居中而坐的关公像是捋须夜读《春秋》的造型。

武庙保护修复已引起重视

据三水文化部门文物保护相关人员介绍，武庙建成后，在道光二十四年、二十八年，光绪十五年和中华民国六年都曾进行过修葺或扩建。虽然在1994年5月，西南武庙被确认为三水重点文物保护单位，武庙的保护与修复问题也逐步引起了人们关注，但是这个问题一直没有得到很好解决。

就西南武庙的保护和开发，三水文物保护部门的相关专家较为现实，一位一直关注武庙开发和保护的专家说，武庙的开发现在遇到了资金困难，如果对武庙所包含的文化开拓恰当，它完全可以成为三水传承文化的摇篮。

据南武当公孙道长介绍，西南武庙修复请示已得到有关部门的同意，不日便能进行大规模的开发和保护。

2004年7月6日于佛山

九十载燕居风雨未息

　　"财神""二总统""国务总理"……这些都是显赫一时的中华民国重臣梁士诒的称谓。佛山三水白坭人梁士诒是清末民初中国政坛的重要人物，中华民国初年，他曾任总统府秘书长、北洋政府第二十六届国务总理，但他在白坭的故居由于缺乏妥善的保护和开发，一直鲜为人知……

　　三水白坭镇冈头村，坐落着一座坐东向西的阔落的陈旧大院，那就是曾经显赫一时的梁士诒的故居。一直以来，由于缺乏妥善的保护和开发，梁士诒故居仅为当地人和近年来研究梁士诒的人所熟知，一般人对梁士诒的生平事迹及其故居却鲜有所闻。

豪华无比——关于故居精美的描写

　　梁士诒故居建于1913年，建筑面积1130多平方米，原为梁士诒的"勋爵府"，因梁士诒从政30多年里曾三起三落，屡遭通缉，过着海外逃亡生活，在香港、上海等地均有新居，因此勋爵府便逐渐成为被冷落的故居，最后终于演变为一座活人在世为自己死后预立的"生祠"。

　　当地一位老人告诉记者，《白坭镇概况》里描述梁士诒生祠集园林、祠堂和书舍于一身，颇有特色，正中为传统的岭南两进院落，前后殿均用硬山顶风火墙，在檐柱与山门墙之间有两组镂金横梁木雕，皆为高浮雕古装人物故事，瓦脊灰雕花鸟、山水或动物。前殿门前有一对石狮，威武传神。祠堂西面是园林式庭院，院前有小桥流水与天井相通，天井小池有石山，十分幽雅别致。东面为两层的小姐阁和"海天书屋"，屋内陈设以及金木雕屏风和五彩玻璃窗门都十分精美。

梁士诒故居原是一座豪华无比的官邸，其内堂有神台，上挂高约二丈的八幅寿屏，厅内有20多张八仙桌，陈设多样玉器、金器（有金碟、金柚、金桃、金橘、金筷等）、康熙年制蓝花瓶、毛皮寿幛和麝肘喜帐。堂上高挂袁世凯、徐世昌和陈炯明所赠的大寿帐。还有一座外国人赠送的进口自鸣钟和一台留声机。家具有红木罗汉床、太师椅、贵妃床和紫檀木沙发床，还有用越南鸡鹅草木做成的大圆桌等。可惜大多数家具、器皿等极为珍贵的文物已流落于海外和民间，只有30来件保存于白坭镇政府和原白坭镇供销社，另有睡榻、茶几、圆凳等寥寥可数的家具现存于故居。

破坏严重——豪华官邸风光不再

以上描述是精美的，但是今天的生祠只剩下几间空空的房屋，成了岗头村村民委员会的驻地所在。花园几十年以前就被辟为了马路，瓦脊灰雕花鸟斑驳残缺，几座石山都不见踪影，更是看不到金木雕屏风和五彩玻璃窗门，池水已失去了流动的功能，上面布满了绿色的苔衣。只有那"百鸟归巢"的金漆木雕床、檐柱与山门墙之间的两组镂金横梁木雕和门前的两只石狮还依稀可见当日的繁华。该村有关负责人梁信照说，其实那对石狮也是上个世纪80年代第一次修复时补上去的。梁信照说，"文革"的时候，梁士诒生祠被破坏严重，天井当中放置的一些古玩被当作不重要的东西扔掉，很多精美的灰雕也被破坏……"文革"结束后曾修过两次，但是也只是对一些路面和简单物体的修复。"自从新的《文物保护法》出来以后，我们不敢自己修了，恐怕把文物修坏了。"

栩栩如生——艺术遗存亿元不卖

笔者在梁士诒故居厅堂内仰视，发现前部卷棚横枋上鎏金寿桃至今仍然闪现出黯淡的金光，厅门外门廊左右横枋上有两组内容大同小异的木浮雕，这是故居里最为经典的艺术遗存：木雕内容丰富，左刻"金殿"二字，"金殿"下有诸神聚会，"金殿"之上有五只展翅于松柏之间的金鹏大鸟，旁系金钱纹等民间乐见喜闻的吉祥纹样。这两组木雕构图优美，形象生动，雕技精湛，特别是满饰鎏金熠熠发光，实属罕见。

在故居南院骑楼的一个厢房内，笔者还看见了一个名为"百鸟归巢"的大型立体木雕，木雕的正中是一只站立在松树上的凤凰，周围九十九只不同的栩栩如生的鸟尽皆向着凤凰。带领笔者参观故居的一位村委会干部说，这个木雕的取意是百鸟朝凤、延年益寿。笔者指着这个极富观赏价值的艺术瑰宝问该位村委会干部："假如有人出很高的价钱买这个木雕，你们会不会卖掉它？"那位村委会干部立即坚决地说："不卖！就是一亿元也不卖！因为这是重点保护文物，非常珍贵。"

等待开发——故居养在"深闺"九十载

光绪在保和殿御试，梁士诒考中一等第一名，杨度考中一等第二名，这两人后来都是北洋时代叱咤风云的人物。这次发榜后，慈禧照例要打听一下状元的来历，当时的军机大臣瞿鸿玑（湖南善化人）是个糊涂蛋，他顺口奏称："梁士诒是梁启超的兄弟，孙文的同县人，又和康祖诒（康有为的原名）名字末一字相同，梁头而康尾，定非善良之辈。"慈禧最忌的是维新派，一听之下，不分青红皂白，就取消了这次考试结果，还撤换了阅卷大臣。

白坭镇一名不愿透露姓名的政府工作人员向记者表示，作为清末民初中国政坛的重要人物，中华民国初年，梁士诒曾任袁世凯总统府秘书长兼交通银行总理，继而任财政总长，提出了"国币条例"等一系列财政改革措施；在徐世昌任北洋政府大总统时，梁士诒任北洋政府第二十六届国务总理。对于这样一个既复杂又重要的人物，把他推上现代舞台是很有意义的，而充分开发利用梁士诒故居无疑是把梁士诒推上现代舞台的一个好办法。他还透露，近年来，他不下十次陪同有关人员前往梁士诒故居参观，大家均对开发梁士诒故居持赞同态度，但参观完之后便又没了回音。他有点无奈地说："梁士诒故居养在'深闺'已经90年了，也不知还要等多久才能等到开发它的那一天。"

趣闻轶事——梁士诒与港督的唇枪舌剑

梁士诒，一生备受争议。在他一生的政坛生涯中，中国发生了不少次的政变，也免不了被卷入漩涡中。无疑地，他是角逐场合中的"现实主义者"。他常常坚持"中庸之道"的手法，多能为各党派所接受，但也因此受到各种批评。这中间的对错谁也无法说清，但有一点是不容否认，那是他的拳拳赤子情……

在岗头村梁士诒墓前，76岁的梁伯告诉笔者这样一段古：19世纪初期，在梁士诒生命最后的几年中，他退居香港。虽这时他正被南京国民政府通缉，但是他的声誉并未消退。香港新界的

青山寺有一批港人自筹资金，建立了一座牌坊在出入口处，刚巧时任香港总督金文泰准备退休返回英国。因为金文泰精通中文，而且写得一手好字，尊敬他的香港人请他题字，刻在牌坊的横额上，以留纪念；同时也请梁士诒在牌坊的两边柱子上作一副对联。金文泰题写了"香海名山"四个大字，梁士诒题下了"楼观参差，清夜闻钟通下界；湖山如此，何时返锡到中原"的对联。

1929年12月初，在青山寺竣工揭幕的那一天，许多香港政要及工商界名人都应邀出席了这次典礼。金文泰和梁士诒也在其中。当金文泰看到梁士诒的对联时大为不悦，他很不客气地质问梁士诒："'返锡到中原'是什么意思？"并当众要求梁士诒解释清楚，金文泰说："香港是大英帝国的殖民地，现在在英国人的手里，包括你自己现在也在大英帝国的庇护之下，你还想指望香港能回归中国？你这样含沙射影，难道不怕被问罪吗？"

梁士诒笑了笑说："那只是时间的问题。但我也想教你长点知识，这副对联是出于典故'卓锡'。意为古时老僧人上山修行，都持一根锡杖。而'中原'是指佛教的最高境界。"顿了顿，梁士诒从容不迫地反问金文泰说："现在青山寺的僧人面对这里的幽山美水，不知何时要返佛教的乐土，不免有依依不舍之感。你说这对联不是很贴切吗？"

金文泰深蕴中国汉字的内涵和含义，常有弦外之音。但他也知道自己的责问，已被这眼前的老儒滴水不漏地挡了回来，如果他再刁难便有损自己的绅士派头。无奈中，只有微笑点头，心中有数。

1997年7月1日，香港回归祖国。金文泰总督的恐惧和梁士诒的愿望都成为现实……

小资料——梁士诒生平简介

梁士诒，字翼夫，号燕孙。1869年生于白坭镇岗头村。1889年应乡试，中第十六名举人。1890年、1892年两次赴京应礼部会考，不第。1894年随父入京同应礼部试，后应殿试，终得二甲第十五名，旋授翰林院庶吉士。1897年起在京供职，先后充武英殿及国史馆协修、编书处协修。1903年，入京应试经济特科，首场获第一，为袁世凯赏识，聘为北洋编书局总办。

1906年春，梁士诒被光绪帝授予五品京堂候补在外务部丞参上行走；次年佐唐绍仪任京汉、沪宁等五铁路督办，后任交通银行帮理兼铁路总局局长。1911年，任袁世凯内阁署邮传大臣。1912年，任袁世凯总统府秘书长兼交通银行总理；旋任财政总长，提出"国币条例"等一系列改革措施，被袁世凯授予"勋二位"之爵衔。1913年3月，梁士诒曾率妻妾子女及婢仆百余人回故里建"勋爵府"。

1921年底，徐世昌大总统任梁士诒为北洋政府为第二十六届国务总理，此为梁士诒仕途之顶峰。1922年4月，梁士诒托病南归。1925年再出山入京，官复交通银行总理原职，并兼任全国税务督办。1928年，国民党对梁士诒下达通缉令，梁士诒逃亡香港。1933年4月9日，梁士诒病逝于上海，享年六十四岁。

2004年7月3日与莫嘉智合作于佛山

一蓑烟雨阳朔行

雨，下下停停……

正如这潮湿且不平静的心，起伏或是失落。没来由地有远行的冲动，电话告知几位好友："我想去桂林阳朔，你们去吗？"意想不到的，得到了一致的回复："走起！……"

西街，让我们发狂

这天碰巧是星期五，倒省了一众请假的麻烦。一下班，三五好友开着车从佛山出发，抵达阳朔正入子时。这时的西街灯火正旺，熙熙攘攘的人群在这里憩息，或是闲逛，把旅游所带来的劳累化成享受购物和品茗……

稍作安顿，从酒店里出来时雨正停，几名好友相约到酒吧一条街上小酌一杯，同时细细品味桂林地地道道的各式小炒，啤酒鱼和啤酒鸭是我的最爱，怎么能错过？——还有那桂花汤圆也不能成为遗憾。

西街，是绝对能让你彻底小资一把的地方，这里绝对是女人为之疯狂的地方。你看，同行的"美眉"们手里不知不觉已在闲逛、发呆中，购买来一大堆说不上名字的好看的小女人的东西。当然，同行的大老爷们也不愿认输，狂扫了半条西街，有射箭的，有刻章的，也有看热闹不嫌事大的——比赛吃田螺。

还是法仔最有创意，为自己选了一件纯白色的T恤，并在

287

自己的手指上刷满红色的、蓝色的颜料，往上面一盖。"怎么样？不错吧？手印，这是绝对独一无二的创意，因为每个人的手掌和纹路都各不相同。"法仔得意地说。李强也不认输，也买来一件白T恤，龙飞凤舞地在上面写了几个字后哈哈大笑——"我发财了！"

踩单车，在细雨中穿行

清晨起来，整个阳朔沉浸在如痴如醉的云雾中。推开窗，书童山若隐若现，漫步于城东南的田郊，像是走进了如诗的画境中。心，是如此地平静……

一场骤雨翩然而至，雨丝在晨光中显得格外地晶亮。细看这晶亮的雨丝，温柔地，像是情人的问候，斜斜地扑打在我们的脸上；不想躲避，平静地接受着雨滴的亲吻，笑看那石板路面腾起的一朵朵小巧的"灯盏"，心也开始雀跃。

这雨中的清泠，丝毫没有影响大家的心情和兴致。没带雨具，用一元跟租单车的老板随便买了件一次性雨衣，就近吃一碗桂林米粉，补充一下能量。随后，相约踩上单车，队伍随意而行，写意地出发——没有方向，更有没有目的。

这时，雨，停了。

十里画廊上的我们，像早晨的鸟儿一样轻盈欢欣飞翔，你追我赶，一路在追赶着嬉闹着……公路两旁，有大片大片的稻田，黄金似的稻谷一派丰收景象，饱满，挺拔，迎风招摇。这雨后的清新空气，拥抱着我们；这眼前流转的榕树和竹林，散发着泥土的芬芳，气息悠扬。那在身边滑过的远山近崖，或淡烟轻抹，或绵延起伏，就连那低垂的云雾，也若即若离地粘连在山腰和河面上，有如一幅自然绘就的静止山水画。

法仔的手机响了，是《斯卡布罗的集市》，没看到他接电话的动作，也许是他不想打破这恬静的片刻。音乐声随着单车的前进，此起彼伏地在山野里回响。

前方，被称为"小漓江"的遇龙河出现在眼前。河道清澈见底，有如一条蜿蜒玉带缠绕在这迷人的"世外桃源"上。停车，坐看四周，青山如黛，有如水洗过一般清新而明丽。整齐划一的田园，微风吹过，起伏如浪。阡陌中，有弯弯曲曲的小河道汇入遇龙河；远处，村落的袅袅炊烟别样生气而多情……

"嘿……什么嘴（水）里打跟头（斗）咧？什么嘴（水）里起高头（楼）咧？……"古榕低垂，凤尾依依，亭亭莲花开得正艳，到底是谁用这破嗓门在破坏着这眼前绝美景致？这是故意制造噪声惊扰三姐的清梦？……远处，在《刘三姐》影片拍摄地——对歌台上，几名老外在当地导游的"教唆"下，正在用他们自认为很美妙的"声线"与当地的"美眉""对山歌"呢？

这时，有几名渔夫划着竹筏过来，邀我们漂流："帅哥美女，走吧，对面便是刘三姐和阿牛定情和对山歌的地方哟，我们也去赶场子吧！"不待他"勾引"，早就有人按捺不住，跳上筏去荡着清波。

雨，哗啦啦又下起来。

撑竹筏的渔夫阿哥不紧不慢拿出一把早已备好的太阳伞，绑在竹筏的两把竹椅之间，有如一朵朵盛开的太阳花，娇艳、热烈。竹篙撑起，竹筏轻轻滑入河里。这时，两岸的风景又在变化，在小雨中越发朦胧富有诗意，有如一幅山水泼墨水彩画，在眼睛里流淌……

盛夏的小漓江，清凉无匹，无限春意……

雨雾虚化了满眼的风景

雨，悄然停了。

"到时间吃饭咯！"临时雇佣的导游正在岸上招呼大家。

"开轩面场圃，把酒话桑麻。"酸笋、黄瓜，漓江鱼，酿米酒……地道的农家菜。我们中午选择的是当地一户殷实农家，老乡是汉族的，不会说普通话，但会说粤语，厚道淳朴，笑脸相迎。

酒足饭饱，我们骑车继续向前，向着阳朔的画廊美景深处进发。出发时，雨突然又下了起来，从对岸飘来的云雾裹挟着雨水，从我们头顶掠过，虚化了满眼的风景。如果说九寨沟的美，是极致绚烂的美，美得令你无法呼吸，那么桂林山水之美，则是一种点到即止，写意的美。透明的天空，有如水墨国画中的大片留白，大胆、写意，而那四面青山、阡陌田舍，则是写生时行云流水般舒展勾勒……

阳朔的烟雨季节，尤其显出一种闲云野鹤般的飘逸和灵性。大家并不急着骑车赶路，走走停停，恨不能将这眼前的一切一无遗漏地摄入心底，安放在生命中的一隅。

恰似一轮皓月的月亮山

　　云雾渐渐散去，山的轮廓清晰起来。前方升起一团淡紫色的雾气，依山傍崖，若隐若现……天晴了。灰色的天空，不经意露出了一方碧蓝，如一口清澈的井水。光，从泉眼里泼洒开来，迅速弥漫了三千大千世界。

　　一道光，也穿破了眼前的山峰。"快看，大白天出现月亮了，好圆！"身边的琳惊喜地尖叫，好像"发现新大陆"般雀跃的琳，被同行的导游一句话淋得像斗败的公鸡——"那就是月亮山。"

　　据导游介绍，月亮山是阳朔境内的奇景，它在高田乡凤楼村边，高达380多米。因为山顶上有一个自然贯穿的大洞，好像一轮皓月，高而明亮，月亮山因此而得名。

　　顺着一条800多级的登山道直达月洞，这个月洞大得离奇，高宽各有50米，而山壁却只有几米厚。洞的两壁平整似墙，而洞的顶部却挂满了钟乳石，形状各异。其中两块很像月宫里的吴刚和玉兔。据悉，在天晴的时候，游人可以透过月洞看到蓝天白云，好比一面高挂在山巅上的圆镜。在月洞北侧，有一座圆形的小山，人们可以顺着山南侧的"赏月路"，以不同的角度，欣赏不同的景致，领略到不同的圆月、半月和眉月景象。

　　大千世界无奇不有，在阳朔令你领略造物的神奇。难怪有一位外国元首到阳朔游玩后说："上帝用了第一个七天造了亚当和夏娃，用了第二个七天造了阳朔，他的下一个七天造的是什么呢？……"

无人知道，但有一点可以肯定的，那就是"阳朔，是一个世外桃源；而雨后的阳朔，更是一个化外的地方……"

2004年7月2日 于广西阳朔

篇 ▼
二

读者书评

编者按：

　　作者林永望于2021年初，在本出版社出版了《何处是归程：凌寒文集》一书，该书的发行得到了广大读者的认可和支持，先后多次加印，成了当年发行黑马和畅销书。同时，也收到许多读者的来电、来信和留言；他们对作者凌寒多有鼓励，也有鞭策。在此，作者新书出版，在征得读者和作者本人同意，出版社在众多来电、来信和留言中，精选出多篇书评刊发，以飨读者。

忽如远行客 何处是归程

◎陈凯昊

友人永望嗜好书诗文，造诣颇深。我与其相识于西藏林芝，一贯视其如长兄。别离后，他时不时会发最新创作的诗歌作品给我，我均一一拜读。

永望与我都是广东潮汕人士，翻越雪山和大海我们在青藏高原相聚。初见是在西藏他家里的客栈，名为凌云客，雅致多趣，书法、绘画和工艺作品极多。在诗、书、文三种表达形式中，我认为诗是最精华的存在。它既是开放的，也是微言大义的。诗往往产生于创作时作者的瞬间感受，这种感受一般不为外人所知。从这点看，永望的文集值得好好阅读。

永望的文集名为《何处是归程：凌寒文集》。这个名字初看似乎朴实无华，其则意蕴深刻。唐代李白的《菩萨蛮·平林漠漠烟如织》里面写有"何处是归程？长亭更短亭。"短短两句展现了丰富而复杂的内心世界活动，反映了词人找不到人生归宿的无限落拓惆怅的愁绪。不同于李白聚焦个人，永望放眼全球，聚焦新冠疫情的影响，他以《何处是归程：凌寒文集》为集名并在诗歌《何处是归程？》中说："何处是归程？活着，既清醒而又疼痛……"

人生天地间，忽如远行客。从岭南来到藏东南，永望曾在党政部门和新闻机构任职，也曾在西藏参加援藏工作。多年来，他笔耕不辍，积稿成帙，文集收录了他前半生的诗作和文章，分为"人生如斯"等八辑。

他的诗作有的写得气势雄浑、深沉遒劲，有的写得流丽轻快，潇洒隽永，形成了他刚劲中不乏婀娜的艺术风格。如在该书另一首同题诗歌《何处是归程？——庚子重阳写于鲁朗凌云客》中，他写道："何处是归程？他乡！潇潇暮雨洒江天，清水悠扬，离人远方，苍茫！"

永望的文集内容广泛，题材多样，诗歌、散文、歌词，各擅胜场。西汉学者毛亨为《诗经》所作的《大序》里写道："情动于中而行于言，言之不足故嗟叹之，嗟叹之不足故咏歌之。"永望注意运用多种形式，抒发感情，反映生活。

我时常在想，短视频时代诗歌、散文还有人阅读吗？永望的实践告诉我，诗词、散文始终是我国文化的瑰宝，也是我们取之不尽的精神资源，滋润着国人的心灵。

翻阅《何处是归程：凌寒文集》一书，犹如看一部生动的纪录片，让人掩卷沉思，引发情感共鸣。其中，在第二辑《忘不了的雪域蓝》记录了永望的西藏生活，第五辑《致青春、亲友》展现了永望的家庭生活。文末摘录他的诗作《送你归程》与读者共赏："来到这里，我们一无所有，让我送你的归程，没有一丝叹息，走后的天空，是暗黑的蓝色，星星在我的眼睛，点亮灯光，你轻飘的身影如飞，记着，我们还要相见。"

壬寅年七月十二日于羊城

诗和远方不是梦

——《何处是归程》读后感

◎郑光隆

9月底，多年未见的永望兄突然约见我，赠予他的大作《何处是归程：凌寒文集》，并嘱我读写书评。我当时不禁哑然失笑，一是因为我中学曾用过"凌寒"这个笔名，这既是巧合更是某种程度上的隔时空呼应；二是永望兄既是我多年前在报社工作时的老同事，更是我的前辈，在我出道参加工作时，他已是一名市委、市政府线口的老记者、老站长。所以他让我对其文集读写书评，简直就是老师给学生布置作业，我欣然受命。

虽然我跟永望兄是多年未曾见面，但他近年来的诗作我是经常在他的微信朋友圈拜读，或者是他深夜苦吟所得后第一时间私信分享给我，偶尔我还班门弄斧，给他充当一字之师。或许正因如此，他才会在新文集《陌上花开：凌寒文集2》即将出版之前，找我给他这本已出版两年的文集作写书评。不过，步入中年的我终日"蝇营狗苟"，为生计奔波劳累，为育儿晚睡早起，早已失去了深度阅读的习惯，加上多年没有从事文字工作，所以接到这个"作业"后还是颇为茫然。所幸永望兄当年与我是"同道中人"，深知没有定下截稿日期就肯定等不到来稿，所以跟我约定国庆假期最后一天交稿。

果不其然，虽然这半个月来我利用出差候机、假期回单位等待迎检之类的空闲时间零零散散翻阅了永望兄的部分诗作，但最终还是拖延到10月7日凌晨才坐到书桌前，翻开这本《何处是归程：凌寒文集》，一口气将诗歌篇和的散文篇全部深读一遍。掩卷沉思，不禁心潮起伏，一个我从未认识、全新的永望兄浮现出来。很难想象在他成熟稳重、温厚大气、老大哥般的外表下，居然藏着一颗对诗歌，对文学炽热追求的诗意文心。

正所谓文如其人。《何处是归程：凌寒文集》是永望兄将多年来零散写下的诗歌和散文结集出版，收录其中的作品，从20世纪90年代到两年前的2020年都有，时间跨度较大，从而也让读者无意中可以窥探到他不同年龄阶段的不同创作风格和作品面貌，以及对诗歌，对文学孜孜不倦追求的历程。

从永望兄20世纪90年代和千禧年之交的作品当中，可以看到一个才华横溢、激情四射的文学青年形象。收录在《何处是归程：凌寒文集》中这个时间段的诗作，乃至极少数散文，虽然技巧略显生涩，却难掩才气和激扬，甚至有多篇长诗出现，内容上也多为关注社会民生、底层人士和爱情的悲欢离合。比如感慨社会现实中人与人之间、夫妻之间脆弱感情的《十二月一日的十九点二十一分》；比如看到精神空虚、透支青春的现代都市人通病的《堕落天使》；比如以"摩的"司机为主角，串联起"夜莺"失足妇女和劫匪的长诗《凌晨的摩托车工友》……其中更让我觉得惊讶且熟悉的，是从永望兄这个阶段的诗作中，隐约可见朦胧诗的痕迹，比如写于1997年的《理发》和《写给春天》写于1996年的《季节变奏》等诗歌，最终在他的《再读顾城〈英儿〉》这首诗作中找到印证。他的青少年时代，应该是深受朦胧诗的影响，这也符合他青少年时代当时的诗歌潮流。

从永望兄千禧年至2010年前后这十多年为数不多的诗作中，则可以看到他在社会摸爬打滚多年、为人夫为人父之后，收起青少年时期的激扬文字，开始反思人生、感悟生命的痕迹。他这个阶段的诗作，创作技巧已熟稔且归于自然，往往简单的几句诗，就点出了生活的真谛。比如感悟社会发展日新月异的《新潮人生》：时间与长路较劲/长路与村庄竞时/刹间时刻/也许/成为人生的一种/追赶不上的前卫……又比如感悟生命循环和责任的《生日·陨落——写于儿子周岁》：你的第一声啼哭/捏碎了父亲的酒杯/熄灭了父亲心中/理想的火/宣告了一代人的陨落。还有同样是写给他儿子的散文《阳光下的蒲公英》，亦是用简单的言语，诗意地写出他为人父后，面对儿子成长的不同阶段的感悟和哲思。

从这本《何处是归程：凌寒文集》中，能看到作者永望兄的创作水平提升和精神境界升华的作品，是他告别青春理想、放下

生活的羁绊，远赴西藏参加广东省第六批援藏工作前后，以及归来之后身体上深受长时间高原生活带来的高血压折磨时期的诗歌和散文。在该文集第二辑《忘不了的雪域蓝》当中，诗作不但具有韵律美，更有意境美，而且创作技巧日臻成熟，不着痕迹，看似漫不经心，实际上是逐字斟酌。内容上更多是对远古，对大自然，对雪域洁净的热烈推崇和追求。他在《夏至清漪——写给鲁朗凌云客的雨后》中写道：走在湖边/与影并肩/遇见过去的自己/赴一场不经意的约定/不需等花谢/无需听天籁/看世俗众生/尘埃……在《梦回宋唐——庚子中元写于鲁朗凌云客》中，更是用"乱世雪""大漠挽弓""冷月""飞天""月泉""黄沙"等意象，简练地描绘出盛世敦煌的雄厚，最后用"泼墨/韵染/叠成宋唐"来点题，不得不说其技巧之妙和意境之美。

　　总体而言，无论是青少年时期的激扬文字，还是青年时期的豪情万丈，或是中年之后的归于寂静，永望兄这本《何处是归程：凌寒文集》，主线还是他对青春，对人生，对生命的叩问；对理想，对文学的追求；对爱情，对生活，对雪域的热爱。比如在《搁浅·我的2017——致我们逝去的青春》中，他写道：看/星移斗转曾风华邃茂张扬/披一世风霜流连/记忆痕量/又是谁青涩的书笺？……而在告别青春感悟生活之后，他转向了对人生和命运的更高层次的追问和探索。在新冠疫情肆虐时，极具诗人敏感的永望兄，在苦苦思索和挣扎中，发出"生命无奈/那是因为我们还活着……"的无奈感慨（诗句摘录于《活着》），并在"活着/既清醒又疼痛"当中，发出"何处是归程？"的追问。（诗句摘录于《何处是归程？》），从而使其作品的精神得到了升华。

因此，从文学爱好者的层面来讲，永望兄的《何处是归程：凌寒文集》无疑是精品佳作。更难得的是，同样是上有老下有小的中年男人，永望兄并没有被世俗磨灭自己的激情和理想，他自如地在生活和文学中切换，坚持自己的喜好且有成果面世，既苟且眼前的生活，又拥有诗和远方。

祝愿永望兄在文学的道路上越走越宽，早日寻得归程。

2022年10月7日

向往人生静美

——《何处是归程》读后感

◎杨汉坤

永望兄是多年的同事，虽然平常交流不多，但一直对他印象深刻，性格耿直、率真，是个性情中人。《何处是归程：凌寒文集》这本书的风格，恰似永望兄的性格，文风朴实，心灵世界情感真挚。

文学来源于生活，是生活的真实写照。《何处是归程：凌寒文集》正是来源于永望兄的生活，以及对生活的所思所悟。从香港、深圳、东莞、佛山等地区，再到西藏高原，这些永望兄生活、工作过的地方，他留下了太多的足迹，付出了太多的汗水，文集创作的地方也大多集中在这些地方，反映了他对这些地方的热爱，也有一些观察。当然，最思念的还是他的家乡汕尾。

永望兄长期在媒体单位和党政部门工作，对于社会发展和社会生活特别敏感，观察十分敏锐，对于一些社会生活有着新闻人的视角、观察。因此，我们从他的文集里不难感受到一个新闻工作者的一些职业习惯，特别着重讲故事，观察细节。例如《夏萍》《凌晨的摩托车工友》，将视角对准的是基层人物，以平实的语言反映了他们的打拼、辛劳。《雪域蓝》则将目光对准了西藏林芝市的公安民警，歌颂了公安民警坚强、刚毅和柔情似水的家国情怀。

诗歌是用高度凝练的语言，生动形象地表达作者的丰富情感，集中反映社会生活并具有一定节奏和韵律的文学体裁。《何处是归程》凌寒文集分为诗歌篇和散文篇，重点就是诗歌。诗歌中有不少篇目反映的是诗人的思乡之情，例如《中秋月·易贡援藏》中，"风过林峦，阵阵声声唤儿归，故梓梦里催"；再如《何处是归程？》中，"潇潇暮雨洒江天，清水悠扬，离人远方，苍茫……"反映诗人遥望故梓，愿家校老少康健的心情。

俗话说，诗以咏志。从诗歌中，可看出永望兄有着自己独特的心灵世界，这个心灵世界感情真挚，向往人生静美。这点在文集第二辑《忘不了的雪域蓝》体现得淋漓尽致。例如《桃花源·那一抹红颜》中，"在花开的季节/米拉山口的风马/在千迴百转的云幔中/招摇""让我在那雪山之巅/在那尼洋河畔/用一朵花开的时间/遇见你……"通过描绘高原雪山原生态景物，诉说着对"红颜"的思念。这种原生态的美既大气，又很有质朴的情感，让人似乎身临其境，沉浸其中。

2022年9月16日

诗意地栖居在大地上

◎邝锦仪

　　生活，就是一半诗意一半烟火。作者林永望把人生中各种艰难困顿赋成诗，也把生活中众多美好事物写成歌，字斟句酌，饱含深情。诗人天生就有点理想主义的个性，但是作者与一般的理想主义者不同，作者把诗和生活糅为了一体，完全没有违和感。诗歌里虽然不时会见到作者精神世界的坍塌，或纠结，或彷徨，或忧伤，但是始终心存阳光，有梦，有诗，有远方。

　　罗曼·罗兰说："世界上只有一种真正的英雄主义，那就是在认清生活的真相后依然热爱生活。"《何处是归程：凌寒文集》，不但收录有抒发人类共通情感，想象丰富、意境优美，充满浪漫主义色彩的吟风咏月的作品，而且刊载有关注草芥小民，冷暖自知、悲天悯人，着重表达个体感受的现实主义佳作。平民视角的选材，大众情怀的表达，固然跟作者长期扎根基层搞创作，关注民生、反映民情、表达民意不无关系，更重要的是，作者在看过人间百态，经历千山万水之后，仍然初心不改，笃行致远，在文学创作的道路上不断耕耘、锐意探索，以诗人的敏锐和热情，用诗化的语言给小人物呐喊，为时代精神放歌。

　　于是，一年四季皆风景，万水千山总是情。《写给春天》描绘了一幅春回大地，农民忙于春耕的美丽图画；《楼兰新娘》写出了作者渴望与爱人相伴、相守，朝朝暮暮，白头偕老的美好愿望；《生命》传达出朴实真挚的父子之情，人生路上，与爱同行，引人共鸣；《岁月静好》反映出作者哭过、笑过、爱过、伤过之后放下执念，淡然看待世间万物，心灵安然的思想进阶。脚踏实地仰望星空，寻常生活不再被视为一地鸡毛，一日三餐才是人间烟火气。尽管在追寻理想的道路上不时摔得鼻青脸肿，依然眼眸清澈，心怀碧海蓝天，即使卑微如《夏萍》中背井离乡恍如浮萍的打工妹子，也闪耀着小人物生生不息的坚韧和对美好生活的无限向往。

诗人荷尔德林在《人，诗意地栖居》中写道："人充满劳绩，但还诗意地栖居在大地上。"诚然，生活本身就是五味杂陈，谁的日子里没有劳绩和困苦？但是，伤害我们的往往并非事情本身，而是我们对事情的看法，所谓一念天堂，一念地狱。同样的雨天，有人为此伤心落泪，思绪万千，也有人倍感浪漫，惊喜连连；同样的夕阳，有人认为再美不过瞬间，也有人赞美余晖中孕育的新希望。《何处是归程：凌寒文集》给人们提供了看待事物的另一个维度：生活中的苟且和诗意本来就是一体的。没有一日三餐，身体活不下去；没有诗意远方，灵魂无处安放。"生而为人，你且修身"，修行不仅在路上，更在心里。心里有诗，眼中有画，无论身在何处，都能"诗意地栖居"。

杨绛先生曾写道：生活一半柴米油盐，一半星辰大海，放一点盐，它就是咸的，放一点糖，它就是甜的，放一点诗意，它就是别人眼里的远方。人生匆匆，如白驹过隙。愿你我都能看透世间繁华，参透人生真谛，柴米油盐浸透着星辰大海，锅碗瓢盆盛满了诗和远方。往后余生只生欢喜不生愁，"处处有诗意"。

2021年7月14日

凌寒印象

◎张茹侠

虽然，我为《何处是归程：凌寒文集》作序，但在该书出版发行之后，我又想到了许多。借着新书《陌上花开：凌寒文集2》的出版发行，在此，我再写点关于凌寒的印象，以飨读者。

认识凌寒很多年了，久到有时不认真想都记不得多久了。我在北京，凌寒在广东；虽然我们南北相隔甚远，见面的机会不多，但是，在无比方便的微信联系中，我读过无数他写的诗，经常用语音交流。当我称他诗人，他总是谦逊地说我过奖他了。

凌寒爱笑，那爽朗的笑声很有感染力，和他一起聊天总觉得心情愉悦。

初识凌寒时，觉得他就是个不拘小节，爱笑爱闹，更像纨绔子弟一样的猛浪。做事情很冲动，凭着自己的感觉闯荡。我曾为此很为他担忧。虽然凌寒曾下海闯世界，又幡然回归政道，经受多年的锻炼捶打，无论在什么环境中也没有停止他热爱的诗歌创作。特别是他在西藏援藏工作的几年时间里，我不断地从他的诗中读到他对生活的热情，对工作的上进，对自然的热爱以及对党和国家的忠诚。

细品其系列文章。在他的作品中，我们不难看到，逐渐走出来一个越来越稳重大气的凌寒，从年少青涩到如今老成持重的凌寒，看得到他这么多年在生活工作中磨炼的痕迹，以及锻造灵魂的成果。

凌寒在生命的里程中不断寻找、思索、坚韧的历练；我看到他的沉淀积累，和对生命的尊重、对万物的热爱。如此的凌寒定会在成长中蜕变涅槃，向着成功人生的高峰勇攀前进。

在此，祝贺凌寒新书《陌上花开：凌寒文集2》正式出版发行。

2022年10月14日

后记

◎林永望

　　生命在岁月的不觉中增加着年轮的印痕，茂密的黑发被银丝一根根染成霜色，容颜逐渐荡去春华的绿影婆娑，在秋黄飘曳的路上领略铺满金黄的凄色……对文学的领悟如大江水东去，汹涌澎湃在不屈的心胸，却又像浮云飘向淡漠！在人生的驿站上蓦然回首，才发现曾被人们赞誉为辉煌的征程，也是血泪斑斓，骸刻了一个又一个悲怆的碑铭。曾骄傲地顶戴着馈赠的花环，也不知何时长满了棘刺，深深地刺入肉体和灵魂，无时不在蜇创着我的思绪和神经。青春岁月里的许多诗文，被铭刻在人生之旅的碑石上，成了一个又一个灵魂枯萎的墓志。不知何时，泪水却成了摆放在坟前悼唁的清酒薄斝……为人生短暂淡酌轻言叹醉……不知何时的我还是初时"少年不识愁滋味，为赋新词强说愁"的我？不觉泪下！

　　回首望昨日：想孩提时，在不苟言笑的家教严令下囵囵背下唐诗宋词，阅三国、读西游、听解红楼更是必修课。呜呼，这些似乎还不大符合当时中学校长和过去式"地主仔"父亲的意愿；还请来画家、书法家前来为我开小灶教学书画，当然，音乐也是必修课。——难道这样才符合过去"地主家庭"或是商贾之家的"教育模式"？！

　　叛逆的我，在若干年后才发现我还是在不知不觉中走入了这个非我意愿的文学殿堂。——为此，年少不知愁滋味的我，却为赋新词说屈了愁闷和苦涩。本以为能在同龄中得到更多嘉许和羡慕眼光，"坏蛋老头"家长却向我施加了更多的"功课压迫"。最后，我不得不跟着作家、诗人学习现代诗歌技巧与写作，使本该少年好玩的我沉溺了诗歌，它让我体味了众多的荣誉欢乐和失落伤感。从处女作《仙人掌——致父亲》和《随想曲》在全国刊物上发表后，作品更是多次在各种文学比赛上获奖，从此一发不可收，在各类报刊上发表了大量作品……本来喜好理数的我，曾梦想当一名理科类的技师，去做阿基米德的弟子，可事与愿违梦想总是伴随着现实的脚步陨落在深邃的幽谷，最终却让我成缪斯的门徒……

眨眼间，不知何时我已成了报社记者；但随后跑出来，在茫茫商海的惊风险浪中随波颠浮不久，就已赏尽了堕落的呻吟；看那布满铜臭的幽灵，在暗夜的灰色中迷失；狭隘的倾斜中，是沉郁？是燥热？还是死亡的灰色……在这人海茫茫漫无边际的陌路上，这才发觉自己的渺小，心骤然觉得苍老了很多，灵魂在震颤中被现实的灰色打破，不禁轻叹："人生苦短漫潇歌，转眼黄花飘落叶，风流坎坷皆蹉跎，前番此时竟为何！"最后，收拾起不切想法，回归本真；回到媒体单位，进而转入党政部门，以及向西藏进发成为一名援藏干部。

回归。让我有更多的思考和人生总结，由此也给我带来新生和未来……也因此，有了我上一本书《何处是归程：凌寒文集》出版。在该书出版以后，本人也曾有过不再创作的念头，奈何对文学的喜爱胜过"偷懒"和"躺平"。所以，陆续根据内心反映写了新的作品，并在广大读者的鼓励下，再次结集出版。

《陌上花开：凌寒文集2》得以出版，首先要感谢著名诗人、广东省作协主席团成员、佛山市作协主席张况和第七届中国知识产权研究会理事、第三届浙江省知识产权研究会秘书长姜胜建两位老哥的鼓励和帮助，并为之作序。在此致以诚挚谢忱！

《陌上花开：凌寒文集2》的出版，有赖各级领导、各位老师和朋友的热情相助和鼎力支持。中国曲艺家协会、民间文艺家协会、甘肃省作家协会、舞蹈家协会、音乐家协会、戏剧家协会、摄影家协会会员和张掖祁连画院秘书长纵新生专门为文集封面创作《陌上》国画。佛山市地方志专家库专家、三水区作家协会名誉主席植伟森和中央电视台科教节目制作中心原制片主任、中国作家协会会员张茹侠在百忙中帮忙校稿；在此，本人还要感谢各新闻媒体、党政机关的老同事和我的"诗粉"、读者，特别是陈凯昊、郑光隆、杨汉坤、邝锦仪等几位为《何处是归程：凌寒文集》读写书评；感激之情，铭记于心。在此，也趁着《陌上花开：凌寒文集2》出版之际，向众方家致以最深切的谢意。

　　《陌上花开：凌寒文集2》分三篇，分别为《诗说人世间》《杂谈随想》《读者书评》。篇一中，《十六岁花季》这辑收录的是作者最为早期的作品，其稚嫩程度，可想而知；但心存对过去的一份尊重，并为了保留其最原始的原貌和完整性，将不对其进行修改。当然，这些稿件均是在本人小时候的日记中找出并编辑，由于许多刊发作品并没有保留正式刊发原刊物。故此，必然也会造成现稿与正式刊发稿有别，在此一并向大家说明。

　　当然，《陌上花开：凌寒文集2》由于匆促成稿结集出版，致使许多文稿未能更进一步细心打磨，也许会有或这或那不尽如人意之处。在此向广大读者致歉，并请众方家批评教正。谢谢！

2023年1月16日